ÉTAT DES LIEUX

Deborah
Levy

Titre original
Real Estate

Le livre a été publié pour la première fois en 2021
par Hamish Hamilton Ltd.

Photographie en couverture : *Vivre sa vie* (1962),
film de Jean-Luc Godard, © Les films de la Pléiade, DR

Conception graphique gr20paris

ISBN : 978 2 36468 579 6

État des lieux

traduit de l'anglais
par Céline Leroy

Deborah Levy

Éditions
du sous-
sol

Du même auteur

Ce que je ne veux pas savoir, traduit de l'anglais par Céline Leroy, Éditions du sous-sol, 2020

Le Coût de la vie, traduit de l'anglais par Céline Leroy, Éditions du sous-sol, 2020

Sous l'eau, traduit de l'anglais par Pierre Ménard, Éditions Flammarion, 2015, Éditions Points, 2021

Je suis devant ce paysage féminin
Comme un enfant devant le feu.

Paul Éluard,
"L'extase"

Un

Londres

En janvier 2018, j'ai acheté un petit bananier sur le stand d'une fleuriste, devant la station de Shoreditch High Street. Il m'a séduite avec ses grandes feuilles vertes frémissantes et ses jeunes feuilles encore enroulées sur elles-mêmes qui attendaient de s'épanouir dans le monde. La femme qui me l'a vendu avait de faux cils bleus tirant sur le noir, interminables et somptueux. J'imaginais ses cils s'étirant de la boutique de bagels et des pavés gris de l'Est londonien jusqu'aux déserts et aux montagnes du Nouveau-Mexique. Les délicates fleurs d'hiver sur son stand m'ont rappelé l'artiste Georgia O'Keeffe et sa façon de peindre les fleurs. C'était comme si elle nous présentait chacune pour la première fois. Sous le pinceau d'O'Keeffe, elles devenaient bizarres, sexuelles, troublantes. Certaines donnaient l'impression de retenir leur souffle sous son regard scrutateur.

État des lieux

> Quand vous prenez une fleur et que vous la regardez vraiment, elle devient votre monde. Je veux transmettre ce monde à quelqu'un d'autre.
>
> Georgia O'Keeffe,
> citation extraite du *New York Post*,
> 16 mai 1946

C'est au Nouveau-Mexique qu'elle avait trouvé ce qui serait sa dernière maison, un lieu où vivre et travailler à son rythme. Il lui en fallait une à tout prix, insistait-elle. Elle a passé des années à rénover cette maison basse en pisé dans le désert avant de s'y installer pour de bon. Il y a quelque temps, quand j'ai fait le voyage jusqu'à Santa Fe, en partie pour voir la maison de Georgia O'Keeffe, je me souviens d'avoir été prise de vertige à mon arrivée à l'aéroport d'Albuquerque. Mon chauffeur m'a expliqué que nous étions à 1 800 mètres d'altitude, c'était pour ça. La salle à manger de mon hôtel tenu par une famille amérindienne était équipée d'une grande cheminée en pisé et avait la forme d'un œuf d'autruche. C'était ma toute première cheminée ovale. Nous étions au mois d'octobre et il neigeait, alors j'ai approché une chaise de la flambée et j'ai siroté un verre de mezcal au goût fumé, apparemment bon contre le mal des montagnes. La cheminée arrondie m'a fait me sentir la bienvenue et apaisée. Elle m'a attirée en son centre. Oui, j'ai adoré cet œuf brûlant. Il me fallait à tout prix cette cheminée.

Moi aussi, je cherchais une maison où je pourrais vivre et travailler à mon rythme, mais même dans mon esprit ce foyer était flou, immatériel, irréel, irréaliste, ou disons qu'il manquait de réalisme. J'aspirais à une vieille demeure majestueuse (à laquelle je venais par conséquent d'ajouter une cheminée ovoïde), avec un grenadier dans le jardin. Elle avait des fontaines et des puits, de remarquables escaliers en colimaçon, des mosaïques au sol, des traces des rituels de tous ceux qui m'avaient précédée dans cet endroit. Cette maison était donc vivante, elle avait eu une belle vie. C'était une maison aimante.

Je désirais intensément cette maison, mais je n'arrivais pas à la situer géographiquement et ne savais pas non plus comment acquérir un bien aussi spectaculaire avec mes revenus précaires. Je l'ai quand même ajoutée à mon portefeuille de propriétés imaginaires, avec quelques autres propriétés imaginaires de second ordre. La maison avec le grenadier était mon acquisition de premier ordre. En ce sens, je possédais une propriété foncièrement imaginaire. Mais chaque fois que j'essayais de me figurer dans cette vieille demeure majestueuse, je me sentais triste. Comme si tout l'intérêt de la chose était la recherche de la maison et qu'à présent que je la possédais, que la quête était terminée, il n'y avait plus rien pour nourrir le feu.

Avant ça, il me fallait rapporter mon nouveau bananier de Shoreditch par le bus et le métro jusqu'à mon immeuble qui tombait en ruine sur la colline. Il était dans un pot et faisait environ trente centimètres de haut. La fleuriste aux faux cils interminables et somptueux m'avait dit que la plante voulait vivre une existence plus moite. Pour l'instant, elle n'avait connu qu'un hiver froid au Royaume-Uni et nous nous sommes dit que nous aussi, nous aimerions bien mener une existence plus moite.

Alors que j'étais dans le métro direction Highbury & Islington, j'ai ajouté quelques détails à ma propriété imaginaire. Malgré sa cheminée ovoïde, ma maison de premier ordre était évidemment située dans une région qui bénéficiait d'un climat chaud, près d'un lac ou de la mer. Je ne voulais pas d'une vie où je ne pourrais pas nager tous les jours. J'avais du mal à l'admettre, mais la mer et le lac étaient plus importants que la maison. En fait, ça ne me dérangerait pas de vivre dans un simple cabanon au bord de la mer ou d'un lac, mais d'un autre côté je me méprisais de ne pas voir plus grand.

Apparemment, acquérir une maison n'était pas la même chose qu'acquérir un foyer. Une question liée au foyer me tournait autour et je l'éloignais à coups de tapette chaque fois qu'elle se posait à proximité. Qui d'autre vivait avec moi dans cette vieille demeure majestueuse avec le grenadier ? La fontaine mélancolique était-elle ma seule compagne ? Non. Il y avait forcément quelqu'un d'autre avec moi, peut-être même que cette personne se rafraîchissait les pieds dans la fontaine. Qui était cette personne ?

Un fantôme.

J'avais pour projet d'intégrer le bananier au jardin que j'avais créé sur les étagères de ma salle de bains. Voyant que les succulentes aimaient leur vie de déplacées dans le nord de Londres, je savais qu'il apprécierait la vapeur de la douche. Sept ans après mon installation, mon immeuble n'avait toujours pas été rénové, et l'état de déréliction des couloirs gris ne faisait qu'empirer. Le bananier se moquait de l'état de l'immeuble. En fait, il semblait aux anges d'emménager et s'est mis à rouler des mécaniques en déroulant ses grandes feuilles veinées.

L'attention que j'accordais à cette plante a intrigué mes filles. Elles pensaient que le bananier m'obsédait parce que la plus jeune d'entre elles allait bientôt quitter la maison pour ses études. Cet arbre, m'a dit celle-ci (âgée de dix-huit ans), était mon *troisième enfant*. Il était censé la remplacer quand elle partirait. Les mois passant et alors que la plante poussait, ma fille me demandait : "Comment se porte ton nouvel enfant ?" en référence à l'arbre.

Je vivrais bientôt seule. Si je m'étais créé une nouvelle vie depuis ma séparation d'avec son père, il semblait que sous peu, à l'âge de cinquante-neuf ans, on me demanderait d'en commencer une autre encore. Je n'avais pas envie d'y penser alors j'ai rassemblé les quelques affaires que je voulais apporter dans mon nouveau cabanon d'écriture.

Deux

Il s'agissait littéralement d'une oasis au milieu des palmiers, des fougères et des grands bambous. Je n'en croyais ni mes yeux ni ma chance. Le jardin qui entourait mon nouveau cabanon d'écriture, construit sur une terrasse en bois, ressemblait à une forêt tropicale. En fait, j'aurais dû offrir mon bananier à ce jardin, mais mes filles avaient suggéré qu'il faisait désormais partie de la famille. Le propriétaire de mon cabanon m'a donné la clé de l'entrée latérale du jardin pour que je n'aie pas à le déranger quand il était à la maison. À mon arrivée, une jacinthe m'attendait dans le cabanon. Son parfum était aussi entêtant qu'accueillant. Peut-être un peu violent, même. J'ai sorti trois verres à café russes munis d'une anse en argent, une *cafetière** [01], une boîte de café (100 % arabica), deux clémentines, une bouteille de porto ruby (un reste de Noël), deux bouteilles d'eau pétillante, des biscuits italiens aux amandes, trois petites cuillères,

01 — Les mots et expressions en italiques suivis d'un astérisque sont en français dans le texte original.

mon ordinateur portable et deux livres. Ainsi qu'une multiprise, bien sûr, cette fois avec quatre sorties. Pour concevoir son jardin, le propriétaire de mon cabanon, né en Nouvelle-Zélande, avait eu du flair, de l'imagination et peut-être même de la nostalgie. Je me suis dit qu'il avait recréé un bout de Nouvelle-Zélande dans le centre de Londres et que sa terre natale hantait donc ce jardin londonien parce qu'elle le hantait toujours, lui.

Lors d'un festival littéraire en Autriche, j'avais rencontré une autrice roumaine arrivée en Suisse comme réfugiée en 1987. Elle avait loué une chambre dans une rue de Zurich qui lui faisait penser à la sienne à Bucarest. Puis elle avait fait en sorte que sa chambre à Zurich ressemble à sa chambre à Bucarest. Elle m'a rappelé qu'à vingt-neuf ans j'avais écrit un recueil de nouvelles reliées entre elles intitulé *Swallowing Geography*. Je n'avais pas oublié que j'avais écrit ce livre, mais j'étais contente qu'il lui donne une impression de nouveauté. Elle m'a dit qu'elle avait punaisé les mots de la narratrice à côté de son lit :

> À chaque nouveau voyage, on fait le deuil de ce qu'on a laissé derrière soi. La personne en errance tente parfois de recréer ce qui a été abandonné, mais ailleurs.

Apparemment, je m'appliquais désormais à agencer le nouveau cabanon d'écriture pour qu'il ressemble à l'ancien.

J'ai déroulé le câble de la multiprise et j'ai fait du café. Puis j'ai porté un toast avec mon verre-tasse à cette autrice de Bucarest. “Comment vas-tu ? lui ai-je demandé en moi-même. J'espère que tout se passe bien pour toi.” Nous avions ri parce qu'elle m'avait raconté que quelqu'un dans l'assistance avait levé la main et déclaré qu'il voulait en apprendre davantage sur son pays d'origine. Elle avait vécu dans l'un des pays communistes les plus oppressifs au monde et s'attendait à une question sur la façon dont un auteur peut travailler la langue quand les libertés sont mises à mal, ou sur la lutte pour se souvenir, oublier et se reconstruire. Elle avait peur de ne pas parvenir à répondre. “Pourriez-vous me dire si c'est dangereux de boire l'eau du robinet, là-bas ?” voulait savoir cette personne. À quoi, elle et moi avons ajouté plus tard : “Pourriez-vous me donner le mot de passe du wifi et me dire s'il y a des moustiques ?”

Ce cabanon d'écriture ressemblait beaucoup à la vie que je recherchais, même si ça n'était qu'un arrangement temporaire. Je veux dire que ce bien n'était pas à moi, il ne m'appartenait pas, je le louais, mais je possédais son atmosphère. Même les oiseaux anglais qui gazouillaient et criaient dans le centre de Londres paraissaient tropicaux. Je n'avais pas fini de vider mon ancien cabanon, mais Celia (mon ancienne propriétaire) avait mis sa maison en vente et je savais que je devais m'organiser.

Le nouveau cabanon se trouvait non loin d'Abbey Road, où j'allais situer mon roman *The Man Who Saw Everything*. Je hantais Abbey Road et cette rue me hantait. "La maison est ce qui nous hante", a écrit le grand essayiste aujourd'hui disparu Mark Fisher, et c'était tout à fait vrai me concernant. D'une certaine façon, j'étais l'occupante spectrale du vieux cabanon puisque beaucoup de mes livres traînaient toujours sur ses étagères. Mon gros ordinateur était encore sur le bureau, à présent couvert d'un drap blanc. Le poêle provençal que j'avais acheté pour me chauffer l'hiver abritait pour l'heure de petites araignées aux vastes toiles géométriques.

Au même moment, un second spectre se cachait dans le nouveau cabanon sur la première page d'un des livres que j'avais pris avec moi. J'ai remarqué qu'elle portait une dédicace faite par le père de mes enfants et datant de 1999, à l'époque où nous étions mariés et vivions dans notre maison familiale.

À mon amour adoré pour ce dernier Noël du siècle et avec 1 000 ans de dévotion.

Ça m'a fait un choc. J'ai dû reposer le livre et laisser le parfum de la jacinthe anesthésier cet instant comme de la morphine. Puis j'ai repris le livre et j'ai regardé la dédicace. Je me suis demandé qui était cette femme spectrale de vingt ans de moins, celle qui avait reçu ce livre avec sa dédicace pleine d'amour.

J'ai essayé de me connecter à Elle (qui était moi plus jeune), pour me souvenir de sa réaction face à ce cadeau. Je ne voulais pas qu'elle m'apparaisse trop clairement. Mais j'ai vraiment tenté de lui faire signe. Je savais qu'elle ne voudrait pas me voir (*Ah tiens, te voilà, seule à presque soixante ans*) et je ne voulais pas la voir non plus (*Ah tiens, te voilà, quarante ans, à dissimuler ton talent, à tout faire pour que la famille ne vole pas en éclats)*, mais elle et moi nous hantions l'une l'autre à travers le temps.

Bonjour. Bonjour. Bonjour.

Mon moi plus jeune (farouche, triste) savait que je ne le jugeais pas. Nous avions toutes les deux perdu et gagné différentes choses au cours des vingt années qui s'étaient écoulées depuis que j'avais reçu ce cadeau avec sa dédicace pleine d'amour. De temps en temps, des images de la maison familiale me revenaient par flashs. Elle était hantée par ma tristesse, et même si j'essayais de changer l'atmosphère et de trouver quelque chose de positif à son sujet, la maison refusait de me laisser créer un nouveau souvenir de cette atmosphère. L'immeuble qui tombait en ruine sur la colline était bien plus modeste que cette maison, et pourtant il y régnait une ambiance joyeuse, sereine, plus douce et pleine d'espoir (plutôt que de désespoir).

J'ai relu la dédicace.

À mon amour adoré pour ce dernier Noël du siècle…

Étrangement, le livre en question (écrit par un auteur connu) racontait l'histoire d'un homme qui quitte sa famille et va vivre une nouvelle vie avec différentes femmes. L'une de ces jeunes femmes est tellement folle de lui qu'elle lui essuie la morve du nez. Elle a décidé de lui consacrer sa vie et on n'a pas la moindre idée de ce qui peut l'animer. Ils couchent beaucoup mais nous ignorons si elle y prend autant de plaisir que lui. Si le personnage féminin de cet auteur sent ou pense quoi que ce soit, ses sentiments et ses pensées sont entièrement tournés vers cet homme.

C'est probablement moi qui ai demandé le livre à l'époque, alors peut-être que je me mettais des œillères, comme on dit, ou peut-être que je cherchais quelque chose en particulier. Après tout, je l'avais apporté dans mon nouveau cabanon. Oui, après toutes ces années, je cherchais encore à découvrir des choses sur l'écriture des personnages, des personnages féminins, précisément. Puisque le but de la vie est de penser, d'éprouver, de vivre et d'aimer plus librement, construire un personnage féminin qui n'a pas de vie est un projet intéressant. Ce livre racontait l'histoire d'une femme qui *offrait* sa vie à un homme. À ne pas reproduire chez soi, même si c'est généralement là que ça se passe.

Comment un écrivain pouvait-il se lancer dans la tâche immense qui consiste à ne donner aucune conscience ni même de vie inconsciente à un personnage féminin comme si c'était la chose la plus naturelle au monde ? Peut-être était-ce naturel dans son monde à lui ? Et pourtant, c'est beaucoup de travail de construire un personnage de fiction quel qu'il soit. La réalisatrice et scénariste Céline Sciamma a observé que quand on donne une subjectivité à un personnage féminin on lui rend ses désirs ; je songe d'un coup que créer un personnage féminin animé de désirs qui ne soient pas ceux de l'homme était peut-être quelque chose qu'un auteur de cette génération ne pouvait même pas *concevoir*. D'une certaine façon, le *elle* de l'histoire était un personnage féminin porté disparu. Ses désirs étaient portés disparus. En ce sens, le livre de cet auteur m'avait été utile. Cette absence de conscience était une maison que j'avais tenté de déconstruire dans la vie et le travail. L'immobilier est une affaire complexe. Nous louons, achetons, vendons et héritons, mais nous démolissons aussi.

À cette époque, j'étais comme possédée par la fin du roman d'Elena Ferrante, *L'Enfant perdue*. Lila, qui approche désormais des soixante-dix ans, a disparu sans laisser de trace. De l'enfance jusqu'à l'âge adulte, les vies de Lila et Lenù ont été entremêlées, mais voilà que la disparition de Lila finit par les séparer. "J'aimais Lila, écrit Lenù. Je voulais qu'elle dure. Mais je voulais que ce soit moi qui la fasse durer." Lorsque le livre se clôt, Lila est devenue un personnage féminin porté disparu.

Alors que je m'asseyais dans le fauteuil près de la fenêtre de mon nouveau cabanon d'écriture, je me suis demandé pourquoi les personnages féminins portés disparus m'intéressaient autant. Peut-être que je ne pensais pas aux femmes qui avaient littéralement disparu (comme Lila) mais à celles dont les désirs avaient disparu.

Et qu'en était-il des femmes qui avaient agi en fonction de leurs désirs mais avaient été tuées, leur vie *réécrite*, leur existence reracontée afin de diluer leur pouvoir et saper leur autorité ? Peut-être que je cherchais une grande *déesse* qui, dans la réécriture patriarcale de sa vie, avait été portée disparue.

Je pensais à Hécate, déesse des carrefours, avec ses torches et ses clés, Méduse avec ses serpents et son regard fatal, Artémis avec ses chiens de chasse et ses cerfs, Aphrodite avec ses colombes, Déméter avec ses juments, Athéna avec sa chouette. Dès que je voyais une femme d'un certain âge, excentrique, parfois fragile psychologiquement, qui nourrissait les pigeons sur les trottoirs de toutes les villes du monde, je me disais : Ah, tiens, voilà une autre déesse qu'on a tuée, que la vie a rendue folle.

Les déesses étaient-elles des propriétés foncièrement possédées par le patriarcat ?

Les femmes sont-elles des propriétés foncièrement possédées par le patriarcat ?

Et qu'en est-il des femmes que des hommes louent pour le sexe ?

Qui possède les actes notariés dans cette transaction ?

La plupart des auteurs hétérosexuels mariés de mon âge se reposaient entièrement sur leur épouse pendant les événements littéraires. Lors d'un festival, l'un d'eux m'a dit que s'il ne transgressait pas trop les règles de son mariage il y aurait toujours une paire de chaussons confortables qui l'attendrait au coin du feu. Heureusement, sa femme a pu s'échapper pour aller fumer une cigarette sur les marches de l'escalier de secours.

La conversation vivifiante que nous avons eue, ma nouvelle amie et moi, m'a paru bien plus intéressante que nombre d'événements auxquels j'avais participé durant ce festival. Bien des gens du public auraient apprécié ses réflexions sur les tyrans aux pieds d'argile, sur toutes les façons dont l'amour est altéré par l'infidélité et sur la fois où elle avait rêvé que ses seins étaient en verre.

Y aurait-il un jour une paire de chaussons confortables (roses et à plumes) m'attendant au coin de la cheminée ovoïde ? Pas à moins que je ne devienne le personnage féminin d'un vieux film hollywoodien et que je paye un/une domestique pour qu'il/elle les laisse là. “Monsieur/madame Klimowski, dirais-je, je crois que mes coudes arthritiques auraient besoin d'un massage à l'huile d'arnica au réveil.” *Très bien, Madame**. Ce/cette domestique serait un personnage avec beaucoup de désirs à lui parce que je serais l'autrice du scénario. Je l'imaginerais adossé aux murs en plâtre vieux rose de ma propriété, portant une broche en forme d'abeille. *Votre soupe est prête. J'ai nourri vos loups et préparé votre pipe avec le tabac que vous m'aviez réclamé. Au fait, Madame** (ses lèvres rougies par les framboises dévorées au déjeuner), *je remarque que vous pensez à l'immobilier. Vous savez qu'en anglais immobilier se dit* real estate. *Que* real *dérive du latin* rex, *qui veut dire "royal". Que* real *veut aussi dire "roi" en espagnol parce que les rois possédaient en réalité l'intégralité des terres de leur royaume. Pour Lacan, le Réel est tout ce qui reste indicible. Ce qui n'a rien à voir avec la réalité. Désirez-vous autre chose avant que j'aille me faire couler un bain en écoutant Lana Del Rey ?*

"Oui, monsieur/madame Klimowski, répondrais-je. Vous seriez bien aimable de me préparer une assiette de loukoums – ceux à la rose et à la mandarine sont vraiment délicieux." *Nous n'avons plus de loukoums, Madame*. Et si vous me permettez, j'ajouterai que vos foutues sucreries, vous pouvez aller les chercher vous-même.*

Il/elle s'en irait boire un gin, aurait des visions mystiques et réfléchirait froidement à un moyen de gagner plus d'argent pour s'acheter une maison. Pendant ce temps, je lirais la poésie de Sappho et de Baudelaire au coin de la cheminée ovoïde et, non loin de là, le fantôme de l'amour pèlerait tranquillement une orange.

> Si l'on nous demandait le bienfait le plus précieux de la maison, nous dirions : la maison abrite la rêverie, la maison protège le rêveur, la maison permet de rêver en paix.
>
> Gaston Bachelard,
> *La Poétique de l'espace* (1957)

J'ai commencé à me demander ce que toutes les femmes aux désirs portés disparus, toutes les femmes réécrites (comme les déesses) et moi aurions dans notre portefeuille de propriétés à la fin de notre vie. Même question pour mon/ma domestique imaginaire, qui à cet instant se fait couler un bain (avec une goutte d'huile essentielle de rose et de géranium) en écoutant Lana Del Rey. Que valorise-t-on (qui ne soit pas forcément valorisé par la société), que pourrions-nous posséder, jeter et transmettre ? Si, comme les grandes déesses en difficulté, nous étions trop puissantes pour les pères et les frères du patriarcat, comment notre pouvoir et notre puissance réprimés pourraient-ils s'affirmer un lundi ? Et si j'écrivais le scénario de A à Z, que voulais-je que mes personnages féminins valorisent, possèdent, jettent et transmettent ? Peut-être que Jane Austen s'exprimait à travers moi, mais si c'était le cas, la perspective d'un mariage n'était pas une solution.

J'ai remarqué qu'une bonne partie des gens de mon âge appartenant à la classe moyenne avaient fini de payer leur emprunt et possédaient au moins une propriété secondaire. J'allais à des dîners et quelqu'un annonçait qu'ils partaient le lendemain rejoindre leur manoir en France ou en Italie. Ou bien, plus blessant encore, ils partaient écrire dans un pavillon moderniste des plus magiques construit spécialement pour eux dans la campagne anglaise. De mon côté, je regagnais les sombres Couloirs de l'Amour qui n'avaient toujours pas été refaits. Il y avait eu de petites améliorations. Je possédais désormais non pas un vélo électrique mais une flottille de vélos électriques. En ce sens, je me disais que j'étais un peu comme cette rock star de ma connaissance qui possédait une flottille d'avions. Oui, j'avais un vélo électrique attaché sous l'arbre et deux autres dans le garage. Les amis du monde entier qui venaient me rendre visite et moi roulions ensemble à travers Londres. C'était un geste en direction de la vie que je désirais, à savoir une famille élargie d'amis avec leurs enfants, une famille étendue plutôt qu'une famille nucléaire, et, vu la phase dans laquelle je me trouvais, ça me paraissait être un mode de vie plus heureux. Si je voulais une chambre d'amis pour chacun d'eux, mon appartement ne suffisait pas. Si je voulais une cheminée dans chaque pièce, il n'y avait pas de cheminée dans mon appartement. Alors qu'allais-je faire de toutes ces envies ?

J'ai regardé le très grand jardin où était situé mon nouveau cabanon. Au lieu d'acheter un bien immobilier que je n'avais pas les moyens de m'offrir, peut-être que je pouvais offrir la construction d'une piscine au propriétaire de mon cabanon. Je serais alors en mesure d'écrire et de nager, et mon rêve deviendrait réalité. Rien ne serait à moi, mais je pourrais me servir de la piscine tant que durerait notre amitié. Mes filles y nageraient par tous les temps. Quel geste généreux de la part de leur mère ! Quel beau cadeau pour le propriétaire de la part de son amie écrivaine !

Nous batifolerions dans l'eau au milieu des libellules et je planterais de la menthe sauvage au bord de la piscine. En recherchant le coût de l'opération sur Google, j'ai trouvé un site qui proposait des piscines écologiques. Une heure s'est écoulée. Les piscines écologiques étaient chères. Je me suis aperçue que mon propriétaire ne voudrait peut-être pas que je retourne son jardin. Il me fallait reposer ma pelle imaginaire pour le moment et me mettre au travail.

L'autre livre que j'avais apporté dans le nouveau cabanon d'écriture était une anthologie d'essais de différents psychanalystes, chercheurs et artistes au sujet de l'un de mes réalisateurs préférés, Pedro Almodóvar.

Dans l'un des chapitres, Almodóvar explique le sens de l'expression espagnole *ressembler à une vache sans cloche*. Il dit : "*Ressembler à une vache sans cloche* signifie être perdu, sans personne pour vous remarquer." J'ai songé que j'étais un peu comme une vache sans cloche, mais je n'étais pas perdue. Peut-être que les vaches préfèrent ne pas avoir de cloche parce qu'elles ont besoin de quitter le pré pour échapper à la menace de leur massacre. Les vaches sacrées que j'avais croisées partout dans les rues d'Ahmedabad, en Inde, m'attiraient beaucoup. J'aimais leur tapoter le dos et voir la poussière s'élever de leur cuir.

Dans la tradition hindouiste, les vaches sont des animaux sacrés. La mère donne la vie avec son lait et, pour cette raison, elle est honorée et couverte de guirlandes.

Trois

New York

Fin mai 2018, j'étais à New York, dans le West Side de Manhattan, pour aider à débarrasser l'appartement de ma belle-mère américaine qui venait de décéder.

Mon meilleur ami, qui était à New York à ce moment-là, a proposé de me donner un coup de main. Il nous fallait trouver les magasins solidaires du quartier, puis héler un taxi jaune depuis le trottoir et demander au chauffeur d'embarquer seize sacs remplis de vêtement jusqu'à la 79ᵉ Rue Ouest. La mise en cartons d'une vie entière (en l'occurrence, celle de ma belle-mère, qui était une universitaire distinguée) m'a fait me demander si je devrais déchirer mes anciens journaux intimes et jeter toutes les lettres que je gardais depuis des décennies. C'était d'une tristesse insupportable de voir les chemisiers de ma belle-mère, ses écharpes et ses pantalons bien pliés dans des tiroirs. J'avais accepté de vider ses placards pour épargner à mon vieux père la douleur de devoir le faire lui-même. Il était très atteint par le décès de sa femme et quand il m'a téléphoné depuis Le Cap (où elle est morte) pour m'annoncer la nouvelle, je l'ai entendu pleurer pour la première fois de ma vie.

Il y avait deux petits bocaux en verre pleins de boutons provenant de toutes sortes d'habits et qu'elle avait conservés pour les recoudre sur d'autres. Ces boutons sont les seules choses que j'aie gardées. Trois d'entre eux étaient en forme de chevaux blancs, crinière au vent.

Pour l'instant, mon portefeuille de propriétés ne comptait qu'un appartement dans l'immeuble qui tombait en ruine, trois vélos électriques et trois chevaux de foire en bois venus d'Afghanistan. J'avais acheté ces chevaux peints dans un magasin poussiéreux plein de tapis et de lampes d'un quartier pauvre de Londres quand mes filles étaient petites. Les chevaux étaient assez grands pour y asseoir un enfant. Un ami m'a dit qu'il s'agissait d'"antiquités", sans doute datant des années 1930, mais je ne le savais pas au moment de les acheter. Une antiquité suggère quelque chose de vieux et de mort, peut-être même de fantomatique, mais ces chevaux avaient retenu mon attention parce qu'ils arboraient une expression extrêmement vivante. D'une certaine manière, pour moi, ils signifiaient la liberté, et la beauté ; chacune de ces bêtes sculptées affichait un air de défi. Ces chevaux d'environ soixante centimètres (deux blancs, un noir) se dressaient à présent sur le long rebord de fenêtre, dans l'immeuble qui tombait en ruine sur la colline. De temps en temps, je plaçais un avocat entre leurs oreilles alertes pour le faire mûrir. À Noël, mes filles et moi couvrions leur tête de guirlandes de gui et de houx. Les gens aimaient embrasser les chevaux (à cause de l'association avec le rite du baiser sous le gui), mais étaient assez intimidés. Je trouvais ça bien ; après tout, ce n'était pas des jouets à câliner. L'homme qui garait sa moto à côté de mon vélo électrique dans le parking du fond m'a dit qu'à chaque fois qu'il levait les yeux et les voyait à ma fenêtre il songeait que les chevaux montaient la garde.

Une femme de ma connaissance, qui était extrêmement riche et n'avait jamais travaillé, a voulu me les acheter. J'ai failli craquer, mais au bout du compte il m'était impossible de me séparer de ces chevaux qui, à mon grand étonnement, s'avéraient avoir une certaine valeur marchande. Il semblait donc que pour l'instant mes Chevaux de la Liberté faisaient foncièrement partie de mon portefeuille de propriétés.

Cette femme m'a confié qu'elle ne savait jamais quoi répondre quand des mamans qui avaient un métier lui demandaient : "Qu'est-ce que vous faites dans la vie ?" J'ai suggéré : "Je suis héritière." Cela mettrait sans doute fin à la conversation qui l'embarrassait tant. Et ça a marché. De fait, héritière était son activité principale. Tout cet argent devait être géré, de même que ses nombreux biens. L'étendue concrète de ses propriétés foncières était aussi vaste que la mienne était minuscule. Elle possédait des maisons à Paris, Vienne, Paxos, en Écosse, en Espagne et à Londres. Elle consacrait une bonne partie de son temps à l'entretien de ses propriétés, à cuisiner des recettes véganes et à s'occuper de ses trois chiens ainsi que de sa gigantesque oliveraie en Espagne. Sur bien des plans, je trouvais cette femme impressionnante. Mais au moins, quand venait l'hiver, elle portait un simple bonnet plutôt qu'un chapeau en feutre vert avec une plume de faisan coincée sous le ruban. Elle était un peu bouddhiste sur les bords. Une bouddhiste croulant sous les biens temporels, mais avec des goûts assez simples. Parfois, quand je la voyais, elle avait deux abricots parfaits dans sa poche dont nous nous délections, une poignée d'amandes ou un morceau de fromage italien à pâte dure qu'elle voulait me faire goûter, même si elle était une végane stricte. Elle en découpait des lamelles avec le petit canif qu'elle gardait dans son sac et, comme par magie, faisait apparaître deux figues noires qui, expliquait-elle, accompagneraient agréablement le fromage. L'héritière était elle aussi une compagne agréable. Apparemment, son mari, qui était de Naples mais pas végan, savait comment tresser la mozzarella pour les jours de fêtes. Ce processus de fabrication, a-t-elle expliqué, s'appelle *pasta filata* et, pour ça, on utilise du lait de bufflonne. Du coup, je me suis demandé si la bufflonne devrait être honorée et couverte de guirlandes comme les vaches sacrées en Inde, mais je préférais l'imaginer les pattes esthétiquement plongées dans des marais, des rivières et des étangs.

Je n'ai pas confié à cette femme mes problèmes du quotidien ni mon rêve de posséder une vieille demeure majestueuse avec un grenadier dans le jardin. C'était une héritière, après tout. Ma vie, mon mode de vie étaient trop éloignés des siens, mais je respectais l'intelligence et l'espièglerie avec lesquelles elle gérait ses propres turbulences familiales.

Tous les ans à Noël, j'achetais de l'huile d'olive à l'héritière pour l'offrir à mes amis. Cette huile, qui venait de sa ferme andalouse, était un élixir de vie, verte et poivrée, surprenante au goût. Elle m'a dit que c'était une "huile première pression à froid", souvent appelée vierge, et elle s'en mettait sur les cheveux tous les vendredis. Une olive ne donne qu'une ou deux gouttes d'huile alors imaginez combien il faut d'olives pour en obtenir un litre ! De temps en temps, je mettais une pincée de sel sur un quartier de tomate verte que je trempais ensuite dans cette huile d'olive poivrée couleur émeraude. C'était comme si j'étais tombée sur quelque chose de bon et à ma portée.

J'avais de l'affection pour l'héritière et n'enviais pas tellement ses biens immobiliers. Cette absence d'envie (étant donné que ses nombreuses villas ressemblaient beaucoup à la maison de mes rêves) m'a franchement surprise. D'une certaine façon, elle en avait tellement que c'était comme si elle était sans domicile fixe. Tous les mois, elle semblait voyager d'un pays à l'autre pour faire le tour de ses propriétés. Quand elle m'appelait, l'indicatif qui s'affichait sur l'écran de mon téléphone portable n'était jamais le même. Mon appartement avait beau être petit et humble, c'était bel et bien ma maison, notre maison, notre perchoir dans le ciel, même si j'avais besoin d'une petite dose de bouddhisme pour m'aider à supporter les couloirs gris. Les bailleurs avaient récemment colmaté la vieille moquette qui s'effilochait et se déchirait devant l'ascenseur avec du scotch bleu. Pour ça, ils nous ont facturé une somme astronomique. En attendant, c'était encourageant de regarder le ciel et de savoir que tout change tout le temps, que les nuages peuvent se dissiper et dissiper la mauvaise humeur.

J'étais donc à New York et je m'efforçais de ne pas entrer en combustion pendant que je vidais l'appartement de ma belle-mère, qui était beaucoup plus huppé que le mien. J'ai songé que je ne savais presque rien de sa vie avant qu'elle ne rencontre mon père. Et voilà que je triais ses bonnets de douche, ses gilets, ses bérets, ses chemises de nuit, ses parapluies, ses nombreuses boîtes de maquillage et de bigoudis. Par ce biais, j'apprenais à mieux la connaître, ce qui était triste et bizarre. À la mort de ma mère, c'est mon petit frère qui a presque tout pris en charge dans ce domaine. Je comprenais désormais qu'il m'avait épargné les souffrances de cette horrible corvée. Il me connaissait mieux que quiconque parce qu'un jour, à une femme qui lui demandait pourquoi sa sœur (moi) aimait écrire dans un cabanon, il avait répondu : “Je crois qu'elle aime travailler dans un espace sauvage.”

À la mort de ma mère, alors que nous étions en état de choc, je me suis chargée de déclarer son décès à la mairie, puis de récupérer ses cendres aux pompes funèbres. La démarche administrative a été la pire parce qu'au moment de signer les différents documents, c'est le nom de ma mère qui a été appelé, comme si elle était toujours vivante. Résultat, j'étais en larmes avant même d'entrer dans le bureau, alors mon frère s'est peut-être dit que ça serait plus facile pour moi s'il triait seul les vêtements de notre mère. Il a proposé que je prenne une partie des nombreux livres de sa bibliothèque. Quand je les ai rapportés à la maison, les pages étaient jaunies, poussiéreuses, tachées, poisseuses, et pire encore, il y avait des phrases soulignées et des commentaires dans les marges. Comment imaginer jeter ses pensées fantômes qui me parlaient depuis ces livres en décomposition ?

Le troisième jour à New York, j'ai croisé dans l'ascenseur un homme costaud accompagné d'un golden retriever. Il m'a raconté que sa chienne, Goldie (qui était aussi le nom de ma tante), s'était coincé la queue dans la porte de l'ascenseur. Il s'était mis à crier et pleurer, la chienne avait fait de même (tout en l'écoutant, j'ai espéré que cette histoire se terminerait bien), mais l'ascenseur s'était arrêté au troisième étage (il y en avait vingt) et oui, tout était rentré dans l'ordre. La queue de Goldie avait été libérée, sans dommages. J'ai regardé la queue de Goldie. Elle avait l'air un peu perdue, comme si elle avait traversé une épreuve difficile.

Une jeune femme était dans l'ascenseur avec nous, les mains prises par deux cafés glacés Starbucks. Ils étaient recouverts de chantilly saupoudrée de copeaux de chocolat. Elle nous a dit qu'elle espérait que tout ce sucre lui donnerait un coup de fouet. En fait, a-t-elle ajouté, c'était d'un coup de fouet général qu'elle avait besoin. Quand j'ai raconté ça à mon meilleur ami, il a dit qu'il avait lui aussi envie d'un coup de fouet général. C'était un grand projet de vie vers lequel tendre, a-t-il ajouté, le Coup de Fouet général.

Plus tard ce jour-là, alors que je faisais une pause au milieu du ménage de l'appartement (avec de la poussière jusque sur les *cils*), j'ai vu une Afro-Américaine qui sortait son chat sur ce trottoir de Manhattan. C'était un chat d'un gris argenté à poils longs, un collier en argent autour du cou. La femme portait un crop-top sur lequel étaient dessinés des yeux au niveau de la poitrine, des chaussures compensées couleur crème, et des volutes avaient été peintes sur ses orteils. Entre son chat, ses chaussures et son t-shirt, je me suis dit qu'elle était un Coup de Fouet général.

C'était horrible de devoir apporter les chaussures d'une femme distinguée au magasin solidaire de son quartier, et parmi elles une paire de baskets neuves encore emballées dans le papier de soie de la boîte. Pour me détendre, j'ai marché vers Central Park. La chaleur était arrivée d'un coup et les effets du décalage horaire étaient si violents que j'ai bien cru m'évanouir. J'ai trouvé un emplacement près de l'entrée du parc, sous un arbre, et je me suis affalée sur l'herbe. Allongée sur le dos, les yeux levés vers le vaste ciel américain visible entre les feuilles, j'ai aperçu quelque chose suspendu à une branche. C'était une clé. Une clé accrochée à un ruban rouge qu'on avait suspendue à une branche et oubliée de récupérer. J'ai d'abord été désolée pour la personne qui avait égaré sa clé. Puis je me suis demandé si elle n'avait pas fait exprès de la laisser là, ayant décidé de ne jamais revenir sur les lieux qu'ouvrait cette clé. Ou peut-être qu'elle voulait refermer la porte sur un moment de sa vie et que l'abandon était l'expression de ce désir. Les clés ont quelque chose de secret et de mystérieux. C'est l'instrument qui permet d'entrer et sortir, d'ouvrir et fermer, de verrouiller et déverrouiller différents domaines désirables et indésirables.

Dans ma vie, j'ai passé un temps fou à scruter les vitrines d'agents immobiliers en quête d'un domaine à moi, le visage collé à la devanture en compagnie des fantômes d'autres rêveurs cherchant eux aussi une maison qu'ils n'avaient pas les moyens de se payer. J'étais cependant convaincue qu'un jour, quand je serais grande, j'obtiendrais les clés d'une maison au bord de la Méditerranée avec du chèvrefeuille et des balcons. Mais une méchante petite voix était prompte à me répéter : "Dans tes rêves ! Ça ne sera jamais à toi."

Oui, j'avais consacré un temps infini à me concocter une vie plus bourgeoise. Je ne savais pas pourquoi c'était si difficile à obtenir. Mes collègues qui vivaient une existence bourgeoise bien installée cherchaient constamment à être moins bourgeois alors que moi, je voulais rejoindre le club.

*Bonjour**, l'air n'est-il pas délicieux par ici ! Regardez nos bicoques de campagne avec leurs enchevêtrements de roses grimpantes. Regardez ce lac que nos sources naturelles nous ont permis d'aménager. Regardez ! Regardez sur Twitter : nos canards dorment sous les saules ! Regardez notre table du dîner et sa constellation de chaises, regardez l'art sur nos murs, notre pergola, nos saladiers et nos pavots d'Orient, notre porcelaine victorienne et nos prés de fleurs sauvages. Regardez cette tartine grillée à côté de la lampe moderniste. Regardez ! Regardez-vous en train de regarder Instagram ! Nous voilà, prêts à sillonner la campagne avec Molly, notre adorable python birman !

Si l'immobilier est un autoportrait en même temps qu'un portrait de classe, c'est aussi un corps qui prend la pose pour séduire. À vrai dire, je ne comprenais pas pourquoi l'immobilier ne flirtait pas davantage avec moi, ses yeux à se damner me faisant toutes sortes de propositions impossibles à refuser. Après tout, j'arrivais à vivre de mon écriture. Toujours allongée sous la clé abandonnée ou oubliée de Central Park, et alors que je réfléchissais à tout ça, il m'a paru trop déprimant de m'attarder sur les raisons qui m'avaient conduite à demeurer dans cette ruine d'immeuble londonien.

J'avais une vingtaine d'années quand j'ai commencé à écrire et j'ai été publiée pour la première fois à vingt-sept ans, même si mes pièces se jouaient déjà quand j'avais à peine plus de vingt ans. C'est extrêmement puissant de mettre des mots dans la bouche d'acteurs, mais ça n'aide pas beaucoup à payer les factures. J'ai repensé à l'autrice Rebecca West, dont les livres lui avaient rapporté assez d'argent à quarante ans pour qu'elle s'achète une Rolls-Royce et une grande maison de campagne, un *domaine*, même, dans les Chilterns. À mes quarante ans, ma cadette avait trois mois et j'apprenais à préparer le dhal (très bon marché) avec une ribambelle de légumes secs et de lentilles. Pendant que Rebecca West s'affirmait avec sa voiture de luxe, j'imaginais comment associer les épices et me demandais s'il valait mieux servir le dhal avec du riz ou apprendre à confectionner des chapatis et autres pains plats indiens, ce que j'ai finalement fait : farine de blé complet, eau, huile, ghee. Oui, cela me procurait un plaisir fou de voir la pâte cloquer puis gonfler dans la poêle, et de faire frémir le beurre avant de le passer. Plus tard, j'ai fait des parathas, plus compliqués parce qu'il faut feuilleter la pâte. Je n'en revenais pas. Je cuisinais des dhals, des chapatis et des parathas délicieux pour nourrir ma famille, et la nuit j'écrivais, capable de reconnaître toutes les alarmes de voiture qui se déclenchaient à quatre heures du matin. Au même âge, Rebecca West garait sa nouvelle Rolls-Royce dans son domaine des Chilterns et Camus recevait le prix Nobel.

> Il n'y a qu'une partie de nous qui est saine ; il n'y a qu'une partie de nous qui aime le plaisir et goûte le bonheur, qui désire atteindre un grand âge et mourir en paix dans une maison que nous avons construite et qui abritera ceux qui viendront après nous. L'autre moitié est presque folle. Elle préfère ce qui est désagréable à ce qui ne l'est pas, aime la souffrance, se complaît dans le désespoir, désire vivre au milieu des orages et périr au sein d'une catastrophe qui anéantira tout ce que nous avons fait et ne laissera de notre maison que ses fondations noircies.
>
> Rebecca West,
> *Agneau noir, faucon gris* (1941)

Je rejoignais Rebecca en partie, mais pas jusqu'aux fondations noircies. Si vous n'êtes pas riche, vous ne voulez pas d'une catastrophe qui va réduire votre maison en cendres. Mes chevaux ! Mon wok ! Ma petite lampe à pompons blancs ! Quoi qu'il en soit, ces années invisibles où j'ai élevé nos enfants et appris à confectionner des parathas ont été parmi les plus formatrices de ma vie. Je ne le savais pas à ce moment-là, mais j'étais en train de devenir l'autrice que je voulais être. J'allais me glisser en elle et elle se glisserait en moi. J'étais contente de ne pas porter l'équivalent de chaussures raisonnables pour écrire les histoires, romans et pièces qui me préoccupaient quand j'avais la vingtaine. Je me frayais un chemin dans la forêt (en bottes argentées à talons compensés) pour rencontrer le loup. Qui était-il ? Qu'était-il ? Peut-être que toute la question de l'écriture, c'est le loup.

Aller vers le danger, tomber sur quelque chose qui pourrait l'inciter à montrer les dents, gronder et terroriser l'autrice participaient de cette aventure du langage. Toute personne réfléchissant en profondeur, librement et sérieusement, se rapprochera de la vie, de la mort et de tout ce que nous croisons en chemin. N'importe quelle femme de ménage se levant à l'aube pour nettoyer des bureaux, des gares, des écoles, des hôpitaux, saura de quoi je parle. Elle sait qu'elle doit être plus forte que ses pensées les plus effrayantes, plus forte que son épuisement. Il y a des chances pour que beaucoup de gens l'entendent et la voient même si elle n'est peut-être pas visible sur Instagram (*Regardez ! Regardez mes heures de travail ! Regardez mes trois boulots ! Regardez mes mains !*), mais cela ne l'empêche pas de réfléchir intensément. La pensée *est* langage. Éviter la pensée *est* du langage. Un jour, j'ai consacré un cours d'écriture entier aux seuls mots *Bienvenue* et *Interdit*. Nous étions d'accord que le langage d'un panneau qui dirait : *Interdit aux Noirs, Interdit aux Juifs, Interdit aux Tsiganes* était vraiment pauvre. Les panneaux à l'entrée des piscines dans les années 1970 affichaient également des textes intéressants. *Plongeon interdit, Animaux interdits, Nourriture interdite, Éclaboussures interdites*. Pourquoi ne pas se contenter d'un panneau qui dirait juste *Interdit* ? Et que se passerait-il si on retournait ce panneau ? *Bienvenue. Bienvenue. Bienvenue.*

Bienvenue dans ma vie rêvée. Avec une maison. Et un jardin. Je voulais aussi des terres.

La clé accrochée à la branche d'un arbre de Central Park ouvrait les portes de bien d'autres maisons dans mon esprit.

Je savais que James Baldwin avait passé les dix-sept dernières années de sa vie dans une ville française appelée Saint-Paul-de-Vence. D'après ce que j'avais compris, il y louait une maison en pierre avec des orangers, des palmiers et une vue sur la mer et les montagnes. C'était son refuge face à l'hostilité que lui valaient sa couleur de peau et son homosexualité dans l'Amérique des années 1970. Il écrivait dans cette maison de location, des cendriers sur son bureau, la cheminée derrière lui. Miles Davis, Stevie Wonder, Nina Simone, Ella Fitzgerald : tous ont fait le voyage pour lui rendre visite. Il parlait longuement dans la chaleur des nuits méditerranéennes avec des amis, assis autour d'une table dans le jardin. Son ex-compagnon suisse vivait à côté dans la maison du gardien avec sa famille et il s'est occupé de Baldwin quand son cancer de l'estomac s'est déclaré. Apparemment, Baldwin a entrepris des démarches pour acheter cette maison avant de mourir, mais elles ont échoué. Après sa mort, la maison qu'il avait louée n'est pas devenue le musée James Baldwin. Pour ma part, j'aurais fait le pèlerinage rien que pour voir les cendriers en verre sur son bureau. J'aurais aimé visiter le lieu où il écrivait, pensait et accueillait ses amis. La maison n'était pas qu'un espace domestique, c'était un espace politique. Il avait été obligé de quitter son pays et de se créer un monde plus bienveillant dans une maison qu'il louait ailleurs. Ce n'était pas la première fois qu'il devait fuir le racisme américain pour survivre et écrire.

Il avait quitté New York à l'hiver 1948 et était arrivé à Paris avec quarante dollars en poche. À cette époque, il vivait dans un hôtel miteux de la rue de Verneuil. Une maison de location sur la Côte d'Azur avec des orangers et des palmiers dans le jardin, entouré d'amis, était une image encourageante. Je la gardais dans un coin de ma tête depuis des décennies, comme une vieille photo dans mon album de famille.

J'ai jeté un autre coup d'œil à la clé suspendue à la branche. Devrais-je l'apporter à la personne du parc en charge des objets trouvés ? Non. Si je perdais une clé, je finirais par me souvenir de l'endroit où je l'avais laissée et reviendrais la récupérer (en panique) dans l'arbre.

Je n'avais pas envie de retourner ouvrir la porte de l'appartement désormais vide de ma belle-mère, alors j'ai passé le reste de la journée dans un hôtel que je connaissais et qui a une piscine sur le toit. Je portais mon maillot de bain sous ma robe de sorte que profiter de cette piscine était une mission qui n'attendait plus que moi. Le temps était à la moiteur. Trois avions militaires en formation ont survolé la piscine. Un DJ installait son équipement, un Blanc maigrichon en jean avec des lunettes dorées. De beaux jeunes gens paressaient sur les transats. C'était une journée chaude à faire peur. J'avais mis mes lunettes de soleil et essayais de ne pas m'endormir. Le DJ a commencé par passer de la soul. L'Hudson était tout près. De même que la High Line. Un bananier en piteux état se fatiguait à pousser dans un pot à côté du bar. Mon bananier à moi était en bien meilleure forme. En fait, il s'épanouissait dans le nord de Londres et mesurait désormais un mètre vingt. Ma fille venait de m'envoyer une photo de lui et promettait d'arroser le troisième enfant tous les jours.

J'ai commandé un Bloody Mary. Il est arrivé avec deux olives géantes plantées sur un pic et fourrées de cornichons. Une olive, même géante, est petite, les cornichons étaient donc vraiment minuscules. La branche de céleri faisait la taille d'un bras de bébé. Pendant que j'évaluais l'échelle des garnitures qui accompagnaient mon Bloody Mary, un homme d'environ mon âge est arrivé avec ses deux enfants. Le DJ passait une chanson dont le refrain disait : "*I want to sex you up.*" On a demandé au père de partir parce que les enfants n'étaient pas autorisés sur le toit-terrasse après onze heures trente. L'une des deux petites filles portait des brassards orange fluo autour des bras ; l'autre arborait une sorte de maillot avec des écailles de poisson en nylon et une queue de sirène. C'était la première fois que je voyais une sirène avec des jambes et une queue. C'était intelligemment conçu. On peut sans doute considérer qu'avoir à la fois des jambes et une queue de poisson, c'est ne manquer de rien.

Moi aussi j'avais envie de nager dans la minuscule piscine, mais j'avais honte d'effectuer des longueurs dans mon maillot Speedo noir sous le regard de jeunes gens beaux et minces qui sirotaient des mojitos perchés au bord de la piscine. Elle n'était pas profonde, tout juste un mètre vingt, la taille de mon bananier. Au bout d'un moment, j'ai fini par plonger, deux jambes, pas de queue de poisson.

En retournant à l'appartement de ma belle-mère, j'ai découvert un marché. L'un des étals vendait des Oreo frits. J'ai acheté des lunettes de soleil pour mes filles et mon meilleur ami, ainsi que du cumin et du paprika pour sa femme Nadia, qui aimait cuisiner avec ces épices. Pendant que je cherchais mes dollars au fond de mon sac, une femme en manteau flamboyant m'a abordée. Elle m'a dit qu'elle adorait mes chaussures de marche, avec leurs grosses languettes noires et blanches. Elle s'appelait Brooklyn, m'a-t-elle expliqué, alors mieux valait ne pas trop la chercher, mais elle tenait à me dire qu'elle aussi avait de grosses chaussures de marche, sept paires dont deux couleur "tomate", ainsi qu'elle les a décrites, une jaune citron et quatre autres dans différentes teintes de bleu allant du bleu ciel au bleu nuit. Pour moi, ça ne ressemblait pas trop à des chaussures de marche. Ensuite, elle a déclaré qu'elle était en charge du numérique quelque part et que son mari était médecin, puis elle s'est en allée. C'était tellement étrange. Je ne comprenais pas du tout pourquoi elle m'avait donné ces informations, mais j'imagine qu'elle devait avoir beaucoup de paires de chaussures dans son portefeuille de propriétés. J'espérais qu'elle les transmettrait à quelqu'un à qui elles plairaient vu que je venais d'apporter un sac-poubelle rempli de chaussures de ma belle-mère à un magasin solidaire.

Quand je suis retournée à l'appartement, mon meilleur ami m'a fait remarquer qu'il avait lessivé le sol de chaque pièce pendant que je nageais dans une piscine sur un toit et m'envoyais des Bloody Mary avant de terminer ma journée par un peu de shopping dans un marché.

"Et si je te préparais un petit Coup de Fouet général ?" ai-je proposé, les cheveux encore mouillés après la piscine. Alors que je lui tendais un verre de café froid et fort, il a secoué la tête mélancoliquement.

"Je trouve que ça manque de sucre, pour être honnête. Ce n'est pas un Coup de Fouet général, juste un coup de fouet caféiné." Pendant qu'il se plaignait, je lui ai parlé de la clé accrochée à la branche d'un arbre à Central Park.

"En fait, tu es comme ma femme, a-t-il dit. Elle aussi est obsédée par les clés. Sauf qu'elle est heureuse et fait semblant de ne pas l'être alors que tu es malheureuse et fais semblant de ne pas l'être." Il a remué les glaçons dans son coup de mou caféiné et s'est tiré le lobe d'oreille droit, un tic qu'il avait quand il était sur le point de dire quelque chose de provocant. "Ta cadette va bientôt quitter la maison, alors tu ferais bien d'envisager de trouver quelqu'un avec qui partager ta vie." Il a arrêté de se triturer l'oreille et a joué des sourcils pour souligner son propos.

Le lendemain matin, quand je suis allée au Fairway acheter du melon pour notre petit déjeuner, j'ai vu une femme qui donnait à manger aux pigeons sur le trottoir. Je me suis demandé si jeter des graines aux pigeons était sa façon de se sentir valorisée et aimée. Peut-être qu'elle serait plus intéressante en personnage principal qu'en personnage secondaire et que je devrais en parler aux producteurs de cinéma lors de notre prochaine réunion. Quand j'ai vu qu'elle avait dessiné l'un de ses sourcils beaucoup plus haut que l'autre, j'ai été prise d'une grande fatigue et je me suis dit que je ne pouvais pas m'infliger la déprimante corvée d'aller fouiller son passé. Je l'ai imaginée enfant avec les deux sourcils bien alignés, mais je savais qu'il me faudrait refaire le long trajet féminin qui menait à ce sourcil gauche flottant près de la racine de ses cheveux. Comme structure de film, c'était assez attrayant. Je pensais aussi à mon meilleur ami, qui croyait que sa femme Nadia était heureuse mais faisait semblant de ne pas l'être. Pourquoi croyait-il qu'elle faisait semblant ?

Quatre

Londres

La soie était devenue une obsession. Je voulais dormir dans la soie, porter de la soie, et je savais que d'une certaine façon elle avait des propriétés curatives. Cela a commencé par des royalties que j'avais touchées et que j'ai prises au pied de la lettre : si grâce à cet argent je rejoignais la royauté, je devais dormir comme un membre de la famille royale. J'ai d'abord acheté une housse de couette pour lit double ainsi qu'un drap en soie, puis six taies d'oreiller, le tout couleur curcuma. Dormir dans de la soie a été une révélation. C'était frais et chaud, comme une seconde peau, peut-être comme un amant. Puis j'ai remplacé la soie par le drap en coton dans lequel j'avais dormi toute ma vie, et il m'a paru soudain très rêche. Je l'ai gardé une semaine, peut-être à la manière des cilices qu'on portait pour rester en contact avec les dures réalités de la vie. Mais franchement, je n'avais pas besoin d'une dose supplémentaire de réalité. Sur ce point, les draps de soie étaient plus légers que le poids de mon existence.

J'accueillais favorablement cet étrange désir de soie, mais je ne comprenais pas ce qui se passait. J'étais persuadée que j'étais en train de mourir. Peut-être que j'étais psychiquement prête à être embaumée dans la soie comme un pharaon égyptien. Oui, ce serait très attrayant d'être embaumée dans la soie, la myrrhe, la cire et les résines d'abeilles, ou d'être préservée dans une pâte de charbon et d'argile. En fait, j'aimerais mieux avoir toutes ces choses de mon vivant, de préférence mélangées afin que je puisse m'en faire un masque pour le visage.

Apparemment, Xin Zhui de la dynastie des Han (aussi connue sous le nom de Madame Dai) avait été enveloppée dans vingt couches de soie à sa mort, en 163 avant notre ère. Le plus beau, c'est qu'on a retrouvé cent trente-huit graines de melon dans sa gorge, son estomac et ses intestins. J'aimais l'imaginer enveloppée dans de la soie par une journée d'été tandis qu'elle dégustait une tranche de melon juteux. Quant à son corps, il a été retrouvé intact, ce qui était un soulagement. Je n'avais pas envie qu'on me retire le cerveau du crâne avec un crochet, à la mode pharaon, même si je voulais avoir le même statut que lui.

J'ai découvert que les vers à soie se nourrissent de feuilles de mûriers et que ces mûres sont très riches en antioxydants qui favorisent la réparation cellulaire du corps. Très bien. Il ne me restait plus qu'à me doter de ma propre flottille de vers à soie et à employer le personnel capable de s'en occuper pour satisfaire mon addiction. Vélos électriques, chevaux en bois et vers à soie feraient partie de mon portefeuille de propriétés. Encore mieux, j'ai appris que la soie provient des glandes salivaires des vers. Ces derniers sont pris d'une espèce de mononucléose soyeuse. J'ai aussi lu que la mère de l'actrice et chanteuse Jane Birkin avait donné le conseil suivant à sa fille : “Quand tu auras tout perdu… mets des sous-vêtements en soie et lis Proust.” Peut-être que j'avais tout perdu maintenant que j'étais séparée du père de mes filles et que la cadette allait quitter la maison à l'automne. Quoi qu'il en soit, si je devais incarner un pharaon, je voulais que des animaux sacrés soient enterrés avec moi. Cette idée était très réconfortante. Il me faudrait le mentionner dans mon testament. J'imaginais mes filles, furieuses, en train de le lire : “Alors ça, pas question qu'elle ait le chat ! Lulu vivra, il continuera d'attraper des oiseaux et de ronronner sur nos genoux.” Mon aînée, très douée pour les *punchlines* qui me faisaient souvent rire pendant des jours, commencerait par marmonner : “Ce qu'on va faire” et assènerait le coup de grâce avec une de ses phrases parfaites.

Mon amie norvégienne Agnes est venue boire un spritz. Elle portait des boucles d'oreilles vertes scintillantes, presque aussi aveuglantes que ses dents très blanches. Il était dix-huit heures et nous avions fini notre journée de travail. Un vent violent soufflait sur Londres. À la météo, ils l'avaient nommé "tempête Eleanor". Aucun doute, Eleanor faisait clairement vibrer l'encadrement en acier des fenêtres de l'immeuble qui tombait en ruine. Il y a même eu un moment où Agnes a cru que le verre allait se fissurer.

J'ai préparé les spritz avec du prosecco, du Campari, une larme de Schweppes et une rondelle d'orange. C'était une boisson estivale, mais, pour citer Camus, j'avais découvert en moi un invincible été, y compris quand une tempête menaçait de faire s'effondrer mon immeuble.

"Tu as même givré les verres", a observé Agnes en examinant les flûtes en cristal que j'avais achetées à Vienne quand j'étais en tournée là-bas pour un livre. Je lui ai expliqué que mon meilleur ami m'avait appris cette astuce. Il givrait toujours les verres à margarita ; avec ça, il essayait de rendre sa troisième femme heureuse.

Alors que Nadia préférait les smoothies à base de kale et de céleri.

Quand je ferai enfin l'acquisition de ma vieille demeure majestueuse avec le grenadier, j'aurai un freezer à part juste pour givrer les verres. Récemment, j'avais remplacé les fontaines du domaine par une rivière au bout du jardin. Ma propriété rêvée comprenait désormais une petite barque amarrée à un ponton sur la rivière. Mes amis passeraient me voir et me trouveraient en train de poncer puis vernir les rames de mon embarcation, les pieds dans l'eau claire et fraîche. Y avait-il des poissons dans cette rivière ? Sans aucun doute. Quel genre ? Je n'en étais pas encore au stade de pouvoir les identifier, parce que je venais tout juste de remplacer les fontaines par une rivière à marées. Et comment s'appelait le bateau ? *Sister Rosetta*, d'après la chanteuse afro-américaine Sister Rosetta Tharpe, la marraine du rock 'n' roll, la première superstar du gospel à jouer de la guitare électrique. Cela faisait longtemps qu'elle représentait pour moi un modèle de la femme d'âge moyen, depuis le jour où j'avais vu un film où elle donnait un concert dans une gare de Manchester quand elle avait quarante-neuf ans. La sangle de sa guitare passée par-dessus son manteau à col haut, elle portait des talons aiguilles glamour qui étaient tout à fait dans mes cordes. Chuck Berry, Elvis et Little Richard avaient tous appris quelque chose de Sister Rosetta. Dans le film, une de ses amies parlait de la force et de la beauté de sa voix : "Elle pouvait vous faire pleurer et vous donner envie de danser dans la foulée." Ça me plairait de peindre son nom sur mon bateau. “Je ne comprends pas pourquoi tu veux une maison en pleine nature, a déclaré Agnes quand je lui ai raconté tout ça. Tu es du genre cosmopolite, tu aimes te faire belle et aller à des fêtes, tu aimes les chaussures à talons et les manteaux à col haut comme Sister Rosetta, et tes meilleures idées te viennent quand tu es entourée de monde, alors d’où te vient ce goût soudain pour la vie en plein air ? En même temps, tu es une diva, tu l’as toujours été.”

Je n’avais pas encore mentionné les draps en soie.

Agnes a siroté son spritz et l’a déclaré “tip-top”. Pendant qu’Eleanor hurlait à travers l’immeuble délabré, j’ai remarqué qu’Agnes avait gagné en contenance depuis notre dernière rencontre. Son corps avait changé. Elle semblait plus grande, plus douce, elle souriait davantage. Dès qu’elle s’était séparée de Ruth, sa compagne de longue date, elle avait recommencé à éprouver des choses, m’a-t-elle dit. Ce qui était une bonne chose, mais pas toujours. Elle a jeté un regard aux chevaux sur mon rebord de fenêtre, ses yeux d’un bleu orageux comme les profonds fjords scandinaves tout près de l’endroit où elle est née.

Apparemment, Ruth lui avait reproché de monter sur ses “grands chevaux” et voulait l’en faire descendre. Les grands chevaux. Les grands chevaux. C’était toujours bien de voir une femme sur un grand cheval. Pourquoi Ruth voulait-elle l’en faire descendre ? Pour aller où ? L’abaisser jusqu’où ? Pourquoi s’embêter à désarçonner une femme ? Tempête Ruth.

J’imagine que le grand cheval est censé suggérer l’arrogance ou la supériorité, mais dans ce cas je crois que cela voulait dire qu’Agnes savait ce qu’elle voulait dans la vie, qu’elle s’était attelée à faire ce qui l’intéressait, ce qu’on appelle avoir de l’*agentivité* ou, simplement, prendre les rênes. Après tout, pourquoi monter un grand cheval si on ne sait pas comment le conduire ? Ce *grand cheval* me fascinait, et plus encore l’idée qu’une femme veuille en désarçonner une autre. Ruth avait passé plus de temps à miner Agnes qu’à l’aimer. Elles s’étaient rencontrées à trente-six ans et en avaient quarante-sept à leur séparation. Cela représentait une belle tranche de vie, alors évidemment que les chevaux avaient voulu y prendre part.

Agnes m’a dit que, depuis qu’elle a quitté la maison où elle vivait avec son ex, elle a cette envie très bizarre de porter de vraies boucles d'oreilles en émeraude.

"Il me fallait des cailloux à tout prix."

Elle m'a expliqué que ces émeraudes, ce n'était pas pour afficher sa richesse (elle n'était pas riche), non, mais arrivée au mitan de sa vie, elle voulait des pierres sorties des profondeurs de la terre et qui scintilleraient à ses oreilles. Elle avait besoin d'éclat. Elle regardait les vitrines des bijoutiers et pensait : *Non, ceux-là sont trop petits*, alors même qu'elle n'aurait pas pu s'offrir une seule de ces émeraudes de la taille d'une épingle serties dans leur petit cercueil de velours. On s'est demandé si ces pierres arrachées à la terre n'étaient pas connectées au sang, aux os et au commencement des temps. Mais j'ai ensuite fait remarquer qu'elle ne voulait pas porter de charbon aux oreilles alors que le charbon est lui aussi extrait du sol.

"Bref, celles-ci feront l'affaire en attendant", a-t-elle conclu en désignant ses oreilles. Elle s'était acheté des boucles en cristal de verre qui imitaient l'émeraude pour qu'elles brillent à ses oreilles. Oui, elle aurait beaucoup d'*éclat* quand elle emprunterait le périph' nord sur son grand cheval pour aller faire réparer son écran cassé chez M. Cellfone.

J'ai songé qu'il était temps de lui parler des draps en soie et, quand je l'ai fait, elle a absolument voulu les voir.

Curcuma. Doré.

“Je crois que tu es retournée dans ton pays d’origine”, a-t-elle suggéré. Je lui ai dit que j’ajouterais la soie à mon portefeuille de possessions, avec les chevaux et les vélos électriques. Elle a remarqué une lampe en bois et cuivre sur mon bureau et a trouvé qu’il fallait l’inclure à l’état des lieux, avec ma bibliothèque de livres de Sigmund Freud et la poésie d’Apollinaire.

La tempête Eleanor s’était calmée.

“Ce qui est bizarre, m’a-t-elle raconté alors que nous retournions à la bouteille de prosecco dans le salon, c’est que les gens me disent que je ressemble à une reine, avec mes émeraudes en toc.” C’est vrai qu’avec cette nouvelle contenance elle avait l’air très majestueuse.

Je lui ai demandé si c’était une bonne chose d’être une reine.

“Oui. C’est étrange, mais pourquoi pas ? Quelqu’un qui attire l’attention. Quelqu’un qui a de l’autorité, qui exige qu’on l’écoute.”

J’ai dit que si elle était une reine elle avait sûrement grandi dans un château et avait dû monter un cheval à bascule avec une selle en cuir quand elle était petite. Ce n’était pas la même chose que de monter sur ses grands chevaux, mais ça pouvait servir d'entraînement. Les murs en pierre du château auraient été couverts des portraits des patriarches et elle n'aurait pas été dorlotée, chatouillée ou embrassée par ses parents royaux au cas où un trop-plein d'affection aurait entamé son caractère. Tandis que je parlais, les nouveaux cailloux à ses oreilles ont scintillé et réfracté la lumière.

Je n'ai pas dit à Agnes que je pensais aux Reines blanche et rouge, ainsi qu'à la Reine de cœur d'*Alice au pays des merveilles*, de Lewis Carroll. L'une de ces reines avait toujours une brosse plantée dans les cheveux. Apparemment, l'idée était venue à l'illustrateur anglais John Tenniel en observant les patientes d'un asile d'aliénées. Beaucoup de ces femmes fantasmaient qu'elles étaient reines. Lewis Carroll avait réfléchi à la psychologie de ces femmes mûres et enragées :

> Je me suis représenté la Reine de cœur comme une espèce d'incarnation de la passion irrépressible – une Furie aveugle et désœuvrée.
>
> Je me représentais la Reine rouge comme une Furie, mais d'un autre genre ; sa passion à elle devait être froide et calme ; elle devait être cérémonieuse et stricte, mais pas méchamment ; pédante au dernier degré, la quintessence d'une gouvernante !

Jane Eyre était gouvernante, mais elle n'était ni froide ni calme. Charlotte Brontë a réécrit le scénario. Sa gouvernante n'était pas un personnage maternel aux manières austères puisqu'elle-même était orpheline de mère et ignorait comment se comporter en mère sévère pour l'homme qu'elle désirait. L'alter ego de Jane Eyre (Bertha Rochester), enfermée dans le grenier, ce qui était bien commode, incarnait la passion irrépressible, une sorte de Reine de cœur. Peut-être qu'elle aussi avait une brosse plantée dans les cheveux. La folle du grenier avait refusé de se laisser gouverner par son mari.

J'ai commencé à me demander si le fait de se prendre pour une reine ou, dans mon cas, pour un pharaon était une façon d'obtenir du pouvoir et de se faire respecter, ainsi qu'Agnes l'avait décrit. En ce sens, peut-être qu'il n'y a pas tant de différence entre une reine et une femme qui nourrit les pigeons sur le trottoir. Toutes les deux ont des sujets dévoués qui s'inclinent devant elles, les uns humains, les autres à plumes.

Agnes avait les cheveux très lisses. Aucune brosse n'était plantée dedans. Elle ressemblait peut-être davantage à Junon, la sainte patronne de l'Empire romain, aussi appelée “Regina” ou “Reine”. Junon arborait un diadème et était souvent représentée assise, un paon à ses pieds. J'ai gardé l'idée du paon dans un coin de ma tête pour tourmenter plus tard les producteurs de cinéma. La prochaine fois, quand on me demanderait des idées de protagoniste féminine, je dirais : “Et si on la montrait dans son humble appartement londonien en train de manger des corn-flakes, un paon à ses pieds ?”

Nous avons vidé nos spritz et j'ai préparé des spaghettis aux anchois pour accompagner la tournée suivante. L'une comme l'autre avions vu la série *Feud*, qui retraçait la carrière de Bette Davis et Joan Crawford et, ainsi que le titre l'indiquait, leur querelle perpétuelle. Apparemment, Bette Davis (jouée par Susan Sarandon) avait le talent et Joan Crawford (interprétée par Jessica Lange) la beauté. Elles étaient mères célibataires toutes les deux, divas et alcooliques. Tempête Bette. Tempête Joan.

Des deux femmes, Crawford était celle dont la série montrait qu'elle était la moins à même de vieillir avec grâce et simplicité. Elle savait que sa beauté fanée la mettrait au chômage et c'est exactement ce qui s'est passé.

Ces actrices vieillissaient et les rôles taillés pour elles se faisaient de plus en plus rares. Même avec toutes les émeraudes et les draps en soie du monde, et les meilleures maquilleuses du milieu, on ne leur redonnerait pas de rôles principaux. C'est-à-dire pas le genre de rôle où elles étaient désirées par le premier rôle masculin. On leur proposait de jouer des mères, des grands-mères et, dans le cas de Crawford, une scientifique pas très crédible dans un film intitulé *L'Abominable Homme des cavernes*. Quand je me suis renseignée sur ce dernier, j'ai bien vu l'intérêt. Au moins, le personnage de Crawford, le Dr Brockton, a un métier et quand elle découvre une caverne avec un homme de l'âge de glace, elle tente de le domestiquer. De nombreux articles ont été écrits sur le fait que les actrices de cinquante ans et plus découvrent d'un coup qu'il n'y a plus de rôles pour elles sur scène ou devant la caméra. Ça n'avait rien de neuf pour moi, mais regarder Bette et Joan affronter les mêmes problèmes que leurs sœurs du XXIe siècle, ça a commencé à me préoccuper.

J'ai demandé à Agnes en quoi le fait de jouer des mères, des grands-mères, des grands-tantes et des vieilles filles excentriques était avilissant. Je me suis rendu compte que le problème était que dans tous ces scénarios les mères et les grands-mères n'avaient d'autre fonction que de réconforter les autres personnages, ou de contrôler leurs désirs, ou de dispenser leur sagesse et d'être d'un ennui mortel.

Les femmes excentriques d'un certain âge, quant à elles, servaient à divertir. Généralement, ces personnages n'avaient pas d'attachement aux hommes. Il n'existait pas de personnages féminins ayant une vie bien remplie – et surtout une vie qui les rende heureuses. Non, on les montrait s'occupant de maris vieillissants ou seules, sans la moindre compagnie, malades, sur le déclin, tyranniques dans la sphère domestique ou encore, folles.

Pourquoi écrivait-on des rôles pareils ? J'étais persuadée que Gertrude Stein et Alice Toklas avaient bien plus profité de la vie en vieillissant que Bette Davis et Joan Crawford. Agnes m'a donné un coup de fourchette dans le bras. Je pense qu'elle voulait me ramener à Ruth, qui la faisait descendre de ses grands chevaux.

Je me suis demandé quel genre de scénario j'écrirais pour des Bette Davis et des Joan Crawford de plus de cinquante ans. Que raconterait cette histoire ? Rien d'excentrique ni de loufoque. Une envie de draps en soie et d'émeraudes, peut-être. Agnes retirait les anchois de ses spaghettis. J'ai dû lui expliquer que c'étaient des spaghettis aux anchois et que si elle faisait ça il ne lui resterait plus que les spaghettis.

“Et la solitude ? a-t-elle dit. Je me sens très seule, en ce moment.

— Tu as raison, ai-je répondu, donnons de la solitude à ce personnage. Ou mieux encore, donnons-lui une critique de sa solitude. Donnons-lui des désirs et des conflits qui ne tournent pas exclusivement autour des hommes. Donnons-lui de la mélancolie plutôt qu'une dépression, de la tristesse plutôt que du désespoir. Pourquoi est-ce qu'on ne s'attacherait pas à un personnage féminin mélancolique ?"

Agnes regardait ses pâtes, happée par le désespoir.

"Donnons-lui tout sauf des anchois, ai-je poursuivi en agitant la main. Donnons-lui les chèvres qui dorment dans les arganiers à l'ouest de Marrakech."

Agnes m'a avoué qu'elle était déconcertée. L'expression sur son visage ressemblait à celle des producteurs de cinéma.

Peu de temps auparavant, j'avais vu *À travers le miroir* d'Ingmar Bergman, un film sombre (bergmanien, donc) parlant d'une famille en vacances sur l'île suédoise de Fårö. Le père est écrivain. Il est solitaire, détaché, renfermé, triste. Sans réfléchir, il achète des cadeaux qui ne plaisent pas à ses enfants. Il n'est jamais là pour sa fille et son fils désormais adultes, mais eux recherchent toujours sa compagnie. Sa vocation est son moteur et même pendant ces vacances il continue d'écrire à quatre heures du matin. Ses enfants l'agacent avec leurs problèmes alors qu'il a du travail. Ils veulent son admiration et son attention. Oui, il a du charisme, c'est un grand intellectuel et tout le monde se le dispute. L'adorable gendre marié à la fille psychologiquement fragile dit au père (alors qu'ils font un tour en bateau) que cette façon froide de faire passer ses propres intérêts et obsessions avant les besoins de sa famille est perverse. Qu'il ne connaît rien à la vie, que c'est un lâche, un roi de l'esquive et des excuses.

Le père pleure seul dans la cuisine, puis remet son masque social et rejoint la famille comme si de rien n'était. La réalité le terrifie, la monotonie du quotidien l'ennuie, les faiblesses de ses enfants l'affligent. Mais surtout, il envie l'amour inconditionnel de son gendre pour sa fille en souffrance, cela le déroute. Lui-même a de nombreuses maîtresses de passage et accepte des invitations flatteuses pour aller travailler à l'étranger – oui, il quittera sa famille pour produire de l'art sur la condition humaine, sans pourtant être déconnecté d'elle.

C'est un personnage vraiment fascinant. Le plus appréciable, c'est la critique que fait Bergman de son personnage masculin. Il l'autorise à tout gâcher, à être idiot et profond, gentil et cruel, il le laisse exister dans toute sa complexité et ses paradoxes.

“Et pourquoi pas un personnage *féminin* de ce genre ?” avais-je récemment proposé à trois producteurs, dont deux femmes. Le trio avait l’air tendu, mais ils se sont penchés en avant pour en entendre davantage.

La position de leur corps ne m’a pas échappé et j’espérais pouvoir enfin leur vendre un scénario. “Oui, ai-je dit, elle suit ses désirs, sans exception. Elle est impitoyable quand il s’agit de sa vocation, accepte toutes les propositions de travail pendant que sa famille l’attend avec impatience. En outre, elle a de nombreuses liaisons dans lesquelles elle ne s’engage jamais complètement et, quand elle rentre de ses voyages excitants, elle achète toujours des cadeaux de dernière minute mal choisis pour ses enfants à l’aéroport.”

La productrice la plus gentille a ri. Elle avait l’air épuisée, avec ses grands cernes sous les yeux. Peut-être que c’est moi qui l’épuisais. Ou sa famille. Avant que la réunion ne démarre pour de bon, elle m’avait parlé des nuits sans sommeil à cause de son nourrisson. Je n’avais pas envie d’avoir cette conversation avec elle parce que j’étais là pour proposer des idées qui me permettraient de m’acheter une propriété. La productrice la plus cruelle m’a demandé comment les spectateurs étaient censés apprécier un personnage pareil.

“C’est une décision difficile à prendre”, ai-je répondu.

J’ai subodoré qu’aucune des femmes autour de cette table n’avait été impitoyable, aucune n’avait suivi ses rêves et désirs au détriment des autres. En fait, je savais que nous nous sentions coupables chaque fois que nous nous absentions des souhaits et désirs de ceux dont le bien-être et la trésorerie dépendent de nous.

Je connaissais beaucoup de femmes, moi la première, qui ne dépendaient pas des autres, mais sur qui d’autres se reposaient pour la trésorerie. Ces gens qui comptaient sur le talent d’autrui éprouvaient souvent du ressentiment et de l’hostilité. Ils voulaient faire descendre ces femmes de leurs grands chevaux alors que le pain sur la table résultait de l’habileté de ces mêmes femmes à conduire ces mêmes grands chevaux et à aller galoper à travers le grand méchant monde pour rembourser l’emprunt à leur place.

Mais alors, quel genre de personnage féminin les producteurs recherchaient-ils ? J’aurais dû poser la question, mais je connaissais déjà la réponse. Ils voulaient un personnage sympathique.

Une femme qui conduit son grand cheval et qui a des désirs est-elle sympathique ?

Seulement si elle tombe du haut d'une falaise avec son cheval. Elle a le droit d'être extrêmement douée pour mourir.

Une autre scène du film de Bergman me revient à l'esprit. Le personnage intense du père fume la pipe dehors une nuit et regarde rêveusement les étoiles. Ses enfants s'assoient à ses pieds, attendant qu'il dise quelque chose d'incroyable. Malheureusement, cette scène m'a donné une autre idée à soumettre aux producteurs. "Peut-être que cet intense personnage de mère/autrice lève rêveusement les yeux vers les étoiles, ses enfants sont assis à ses pieds et attendent qu'elle dise quelque chose d'incroyable." Ils savaient que je l'avais dit en manière de plaisanterie, mais ils étaient incapables de rire avec moi. Après tout, de qui et de quoi aurions-nous ri ?

Le producteur le plus froid a plus ou moins souri. Puis il a regardé son téléphone. D'un coup, ma propriété chimérique n'était plus que poussière. J'aurais pu faire construire un manoir rien qu'avec cette poussière. Le personnage féminin que je décrivais serait trop subversif, même si un personnage masculin identique, lui, n'aurait rien de subversif. Cette réunion se tenait dans les locaux d'une association de professionnels des médias londonienne. Quand je m'étais annoncée à la réception, la jeune femme avait dit : "Oh, vous êtes l'écrivaine ?" et quand j'avais répondu que oui, elle m'avait parlé avec beaucoup de finesse d'un de mes romans qu'elle avait aimé. J'avais très envie de la faire participer à cette réunion et de la supplier de me remplacer pendant que je prenais son poste à la réception.

Tout ce que je demande, ai-je dit à Agnes, c'est de ne plus jamais voir de film où un homme approchant la soixantaine a une histoire avec une femme d'à peine vingt ans et où le gouffre entre les deux saisons de leur vie n'est pas abordé de son point de vue à elle. C'est vrai que dans le film de Bergman je me suis demandé pourquoi l'adorable gendre d'âge moyen continue de vouloir coucher avec sa jeune et belle épouse schizophrène. Après tout, elle ne va pas bien et se remet tout juste de son traitement par électrochocs. Elle le repousse, s'excuse de ne pas avoir de désir, file dans le grenier et traverse le mur pour rejoindre une autre vie. C'est censé être une hallucination, faire partie de sa maladie, mais c'est peut-être ce qu'elle désire le plus, avoir une autre vie, justement.

Agnes et moi avons discuté jusque tard dans la nuit. Au moindre mouvement de tête, les boucles d'oreilles en cristal vert projetaient des prismes de lumière dans la pièce, comme une boule à facettes dans une boîte de nuit. Elle a suggéré que si je voulais acheter ma vieille demeure majestueuse il me faudrait inventer un personnage féminin sympathique qui épouse le personnage masculin à la fin du film. Sois pragmatique, a-t-elle insisté, trouve un accord, écris le scénario et achète ta maison avec la rivière et la barque.

J'ai jeté un coup d'œil aux chevaux sur le rebord de la fenêtre. Ils m'ont regardée à leur tour avec leurs yeux peints de couleur sombre.

"En fait, a dit Agnes en retirant ses chaussures et en quittant le fauteuil pour s'installer sur le tapis, j'ai comme l'impression que tu n'en veux pas vraiment, de ta maison avec la rivière et la barque." Elle m'a dit où étaient ses cigarettes. J'en ai pris une dans son sac et l'ai allumée avec un briquet qui se trouvait dans une poche secrète pourvue d'une fermeture Éclair.

"Tu as tout faux, Agnes, ai-je dit en recrachant la fumée. Je veux cette maison plus que tout au monde. Je veux jusqu'aux actes notariés de cette maison." Pendant que je fumais,

Agnes s'est mise en position pour faire le poirier. Quand elle a été parfaitement alignée, elle a levé ses longues jambes scandinaves en l'air, orteils pointés vers le plafond.

"En fait, je porte cette maison en moi depuis toujours, ai-je poursuivi.

— Ça doit être très lourd, a répondu Agnes. Pourquoi ne pas t'en défaire ?"

J'ai agité ma cigarette à l'adresse de ses pieds. "Jamais ! Je partirais à vau-l'eau si je ne pouvais plus penser à cette maison."

Agnes, qui avait toujours la tête en bas, effectuait des mouvements d'étoile de mer avec ses jambes. Non. C'était plutôt des mouvements de ciseaux et elle mettait en pièces mes rêves de propriété.

"Descends de tes grands chevaux, Agnes ! lui ai-je hurlé à travers une volute de fumée.

— Tu sais quoi ? a-t-elle dit. Je crois que ton spritz améliore mon sens de l'équilibre."

Il fallait reconnaître que, même avec la tête en bas, ses boucles d'oreilles en cristal vert lui donnaient une certaine majesté.

Cinq

Mumbai

> Racheter dans sa propre langue cette pure langue quand elle est exilée dans une langue étrangère, la délivrer par la recréation quand elle est captive dans l'œuvre, telle est la tâche du traducteur.
>
> Walter Benjamin,
> "La tâche du traducteur" (1923)

Alors que mes livres commençaient à être traduits dans le monde entier, l'excitation de voir mes mots imprimés sur la page dans une autre langue n'a jamais cessé de m'enthousiasmer. Beaucoup d'écrivains de mon entourage ont été traduits alors qu'ils étaient bien plus jeunes que moi, de sorte que voyager pour aller à la rencontre de leurs lecteurs faisait pleinement partie de leur travail. En comparaison, j'étais une enfant de huit ans. L'âge auquel je me suis mise à l'écriture, soit dit en passant. J'avais inventé un chat qui n'était ni mâle ni femelle. Un chat capable de voler et faire des arabesques au-dessus d'une rangée de jacarandas. Il avait les yeux jaunes et son immense pouvoir me faisait peur. Ce qui était une bonne chose. Pourquoi écrire une histoire qui se contente de vous faire glousser et finit par vous endormir ? Dans cette histoire-ci, j'ai découvert que malgré l'étendue de son pouvoir ce chat était seul. À la fin de l'adolescence, dans ma banlieue londonienne, le premier livre traduit que j'ai lu était *Cent Ans de solitude*. J'ai pensé à ce chat de mon enfance en lisant que le colonel Aureliano Buendía était seul et perdu précisément parce qu'il avait un pouvoir immense.

> Égaré dans la solitude de son immense pouvoir, il commença à perdre la boussole.

Cette phrase a illuminé ma vie à West Finchley. La poésie épique de Gabriel García Márquez avait été livrée dans cette banlieue anglaise par un traducteur héroïque et invisible. Est-ce que j'aurais pu imaginer un jour que j'écrirais un livre qui serait traduit, puis lu par quelqu'un dans une banlieue d'un autre pays ? Même si ça semblait dépasser l'imagination d'une adolescente des années 1970, cela m'a donné un aperçu de l'ampleur du monde et m'a donné envie de m'y plonger.

Être *traduite*, c'était comme vivre une autre vie dans un autre corps en France, en Ukraine, en Suède, au Vietnam, en Allemagne, en Chine, en République tchèque, en Espagne, en Roumanie – et je ne sais où encore. Je pensais souvent à mes traductrices et traducteurs, pour la plupart inconnus, même si certains m'ont envoyé des questions par mail, des questions étranges, souvent. Parfois, il fallait trouver d'autres mots parce que ceux que j'avais choisis avaient trois autres significations dans leur culture, leur langue. Je savais que ces traductrices et traducteurs talentueux ne créaient pas tant un double de mon livre qu'ils ne lui offraient une nouvelle vie. Faire entendre sa voix dans ce vaste monde impressionnant était le but de l'écriture, l'unique but, même. Parallèlement, le Brexit prenait toute la place dans l'actualité et je me demandais avec angoisse à quoi ressemblerait la vie séparée de l'Europe. Peut-être que ça serait comme vivre dans un genre de silence.

> Sans la traduction, nous habiterions des paroisses confinant au silence.
>
> George Steiner,
> *Errata : récits d'une pensée* (1998)

J'ai dit au revoir à mes filles parce que j'avais été invitée à un festival littéraire à Mumbai, en Inde. Dans l'avion, m'apprêtant à dormir, j'ai versé quelques gouttes d'huile essentielle de lavande sur mon oreiller. Quand je me suis réveillée, vingt minutes plus tard, j'ai ajouté une goutte d'ylang-ylang pour tenter de faire revenir le sommeil qui me fuyait. L'hôtesse de l'air est venue me murmurer qu'un des passagers n'aimait pas mes potions parfumées qui embaumaient la cabine. Elle m'a dit que de son côté elle me félicitait d'avoir transformé ladite cabine en temple du plaisir, mais qu'elle était malgré tout obligée de transmettre le message. J'ai constaté que l'homme qui s'était plaint ronflait bruyamment, la bouche grande ouverte. Mes potions parfumées lui avaient apporté le sommeil (j'en étais convaincue), mais ce ne fut pas mon cas. Je n'ai pas fermé l'œil de la nuit tandis que les fleurs d'ylan-ylang se déployaient sur les branches des rêves de cet homme.

Cela ne m'empêchait pas d'adorer l'ylang-ylang. Sa fragrance érotique et douce était chaleureuse, mais violente, comme un marteau enveloppé dans de la fourrure.

C'est au cours de ce long vol que j'ai inventé un personnage féminin qui aimait l'ylang-ylang et qu'on reconnaissait immanquablement à son parfum. Elle serait follement amoureuse d'un homme indifférent, mais il fallait qu'elle fuie son narcissisme au plus vite si elle voulait accomplir ce qu'elle avait à faire dans le monde. À l'instar de l'ylang-ylang, elle serait douce, mais légèrement menaçante.

Le festival avait installé ses auteurs dans un hôtel gratte-ciel au bord d'une route qui donnait sur la mer d'Arabie. Le photographe a voulu nous réunir pour une photo près de la piscine de l'hôtel et nous a demandé de lever le pouce. Je n'étais pas sûre que ce geste me corresponde. Je n'avais pas tellement envie d'imiter les leaders de régimes autoritaires qui se régalaient de parader devant les médias internationaux en brandissant un pouce blanc. Des moustiques ont piqué mes tibias dénudés pendant que le photographe captait mon absence de pouce levé et, enfin libre, j'ai piqué une tête dans la piscine. Il y avait des corneilles partout, qui sautillaient, bondissaient, volaient. Loin au-dessus de la piscine, deux oiseaux planaient en effectuant des cercles gracieux, leur envergure étonnamment grande dans le ciel. C'était un plaisir de nager avec les oiseaux de Mumbai.

J'ai rencontré Vayu Naidu, qui a mené notre entretien au festival. Elle portait un majestueux sari rayé rose et blanc. L'élégance du sari est incomparable, sa façon d'accompagner les mouvements du corps, sa fluidité et sa forme. Vayu, dans toute sa beauté, avait désormais soixante ans, sa chevelure argentée coupée court. Elle m'a parlé avec beaucoup de finesse de mes livres. Au cours de l'échange qui a suivi, il a été intéressant de réfléchir tout haut avec le public. Je crois que mon but, en littérature, est de penser librement ou plutôt de m'arranger pour que les livres s'expriment librement pour moi. Ça peut paraître facile et évident, mais ça ne l'est pas, ni sur la page ni dans la vie. Certaines personnes ont l'impression d'être folles quand elles essayent de gérer deux idées contradictoires en même temps, comme si elles avaient peur d'avoir fait quelque chose de mal et avaient besoin de purger la pensée intrusive avant qu'elle ne trouble l'eau. Tout l'intérêt de penser est que ça trouble toujours l'eau. Alors comment vivre en eaux troubles avec nos idées libres ?

Dans la fiction réaliste d'Europe de l'Ouest, que fait un écrivain (nous demandions-nous tout haut) de l'irrationnel, des synchronismes, des superstitions et des formules magiques que nous nous inventons pour éloigner le mauvais sort, l'étrange, les flux de pensée et les digressions qui contredisent nos tentatives de fixer le récit ? Peut-on accepter que le langage soit à la fois sacré, scarifié et soucieux, comme nous tous ? Je leur ai lu une citation de Marguerite Duras tirée d'*Écrire* (1993) :

> Je crois que c'est ça que je reproche aux livres, en général, c'est qu'ils ne sont pas libres. On le voit à travers l'écriture : ils sont fabriqués, ils sont organisés, réglementés, conformes on dirait. Une fonction de révision que l'écrivain a

> très souvent envers lui-même. L'écrivain, alors il devient son propre flic. J'entends par là la recherche de la bonne forme, c'est-à-dire de la forme la plus courante, la plus claire et la plus inoffensive. Il y a encore des générations mortes qui font des livres pudibonds. Même des jeunes : des livres *charmants*, sans prolongement aucun, sans nuit. Sans silence. Autrement dit : sans véritable auteur.

Nous avons discuté du fait qu'en littérature, comme dans la vie, on se demande comment avoir moins et comment avoir plus. Certaines personnes ont besoin de souffrir moins et d'autres ont besoin de souffrir plus. Tous ceux qui nous sont chers ont besoin de souffrir moins. On est puissant quand on se sent vu et entendu. Se faire un tant soit peu voir et entendre est un combat, alors qu'est-ce qu'une autrice peut faire pour changer ça ? Si elle invente des histoires dont les protagonistes sont vus et entendus, est-ce que ça sera crédible ? Puis les questions se sont orientées vers mon roman *Sous l'eau*. Nous avons parlé du fait qu'une personne puissante peut être vulnérable, et une personne fragile immensément puissante, de la façon dont les autrices tracent un chemin de miettes pour que leurs lecteurs se repèrent dans la forêt. Peut-être qu'un autre mot pour ce chemin est *histoire*, et que les fils entrecroisés de son passé s'appellent

Histoires. Nous savons que les oiseaux peuvent venir dévorer le chemin à tout moment, mais nous sommes conçus pour vouloir trouver le chemin qui nous ramènera chez nous. Après tout, être perdu sans vouloir être retrouvé, c'est être dans un lieu de désespoir profond. J'avais cherché à explorer ce lieu dans *Sous l'eau*. Le lieu qu'habitait Virginia Woolf quand elle a écrit sa dernière lettre à son mari avant de se suicider. Le premier mot est très fort. Il est même suivi d'une virgule, ce qui veut dire qu'elle a pris une inspiration avant d'écrire ses dernières pensées.

Mon amour,

En allant dédicacer mes livres, j'ai rencontré l'auteur Shreevatsa Nevatia, dont le livre *How to Travel Light : My Memories of Madness and Melancholia* décrit son expérience de la dépression et ses épisodes maniaques. Il m'a raconté que lors d'une de ces phases il a déchiré les pages de son exemplaire de *Mrs Dalloway* et les a jetées dans les rues de Delhi. Il voulait que tout le monde lise ces pages, surtout parce qu'il s'identifiait au personnage de Septimus Warren Smith. Septimus est un soldat qui revient chez lui après avoir combattu durant la Première Guerre mondiale. Atteint d'une psychose traumatique et d'hallucinations après tout le sang et les entrailles qu'il a vu verser dans la bataille, il est incapable de faire comme si sa psyché n'avait pas été dévastée ou comme s'il pouvait reprendre sa vie d'avant la guerre. En dispersant les mots attribués à Septimus sur les trottoirs de Delhi, Shreevatsa rendait hommage à Woolf. Et il faut également rendre hommage à Shreevatsa et à son désir que tout le monde comprenne ces mots. Depuis mes vingt ans et à chaque nouvelle décennie, je pense à Woolf, spirituelle, brillante, désespérée, les poches remplies de cailloux et entrant dans cette rivière. Je ne sais pas pourquoi, mais c'est surtout son suicide qui me heurte et me hante. Si je sens que ses livres me parlent sur un ton calme de choses qui la faisaient enrager, j'entends tout de même sa rage, le soupir qu'elle pousse, sa chaise qui craque quand elle change la position de ses jambes en écrivant.

Pendant ce temps, la vie du festival (une vie que Woolf aurait peut-être appréciée) battait son plein autour de moi, une vie irréelle et merveilleuse. Quelqu'un me passait une assiette de biscuits à la confiture de noix de coco. Au même moment, on m'a présentée à une vieille dame qui m'a recommandé un tailleur local. Elle m'a donné son adresse et son numéro de téléphone parce que j'avais une robe que j'aurais aimé faire copier. La dame m'a demandé où je pensais acheter le tissu. J'ai expliqué que j'avais apporté un drap en soie couleur curcuma avec moi.

Vayu et moi sommes montées dans un auto-rickshaw. C'était la première fois que je voyais réellement Mumbai : les étals disposés sur les trottoirs, les tas de haricots verts, de citrouilles rouges, d'aubergines, de choux-fleurs, de gingembre, de curcuma, les vendeurs qui parlaient dans leur téléphone portable, leurs sandales bien alignées à côté d'eux. Ailleurs, un ventilateur électrique posé en équilibre précaire sur une caisse en bois avec une multitude de lunettes de soleil miroir, luisant comme des sardines argentées. Il y avait une agitation folle, impossible de mettre la main sur Parmar le tailleur. Vayu a insisté, même si cet homme nous paraissait perdu, nous avions les moyens de le retrouver. Elle l'a appelé et il a indiqué le chemin au chauffeur. Nous avons fini par atterrir près d'un petit stand dans une rue bondée, et Parmar était là, ses cheveux noirs striés d'argent. Il a déroulé mon drap de soie et l'a examiné de près. Il y a eu un moment d'intense concentration pendant qu'il cherchait des traces de fluides corporels, et de fait il y avait une tache. Un îlot d'encre noire. Ça m'a beaucoup fait rire. C'était parce que j'écrivais au lit avec mon stylo-plume, mais j'ai soudain pensé au langage et à ses sécrétions : sang, sperme, excréments, larmes, urine, sueur, salive. Autrefois, l'encre aurait été celle d'un poulpe, un fluide corporel au sens littéral, ou de la suie délayée dans de l'eau et des liants, mais aujourd'hui on la fabrique à partir de teinture synthétique. Quand je casserai ma pipe et serai momifiée dans la soie, l'argile et divers aromates, je ferai ajouter de l'encre à base de suie, peut-être pour qu'on m'en mette sur les paupières.

Parmar n'a pas eu l'air plus tracassé que ça par la tache d'encre. Il a pris mes mesures dans la rue, tandis que je me tenais bien droite sur la boue séchée qui couvrait le sol, et il a insisté pour que je vienne chercher ma robe lundi à quatorze heures. Je ne voyais aucune machine à coudre, seulement une paire de ciseaux en argent aux branches incrustées d'or. Quand nous sommes remontées dans notre auto-rickshaw, les pieds nus du chauffeur dépassaient de l'ouverture de la portière tandis qu'il manœuvrait au milieu de la circulation chaotique. J'aimerais pouvoir conduire comme ça, moi aussi, et ça m'a un peu rappelé mon vélo électrique, mais avec une banquette qu'abritait une capote à l'arrière.

Vayu et moi sommes parties en quête d'un chai masala en bord de mer. Nous n'avons pas eu de chance, mais le serveur nous a apporté deux tasses d'eau brûlante avec deux sachets de thé Lipton. Nous avons parlé de la vie et de cuisine, du curcuma qui colore tout d'un jaune irrévocable, y compris nos ongles et nos vêtements. Et nous avons parlé d'une phrase du philosophe, poète et compositeur bengali Rabindranath Tagore :

> Il est très simple d'être heureux, mais très difficile d'être simple.

J'ai avoué à Vayu que je comprenais bien qu'il était difficile d'être simple, n'importe quel écrivain pourrait le confirmer, mais j'étais moins convaincue par ce que le philosophe disait au sujet du bonheur. Elle a dit : "En ce qui me concerne, je suis heureuse d'être assise ici à côté de toi avec une tasse d'eau chaude et un sachet de thé."

J'ai songé que moi aussi, j'étais heureuse.

Plus tard, je suis sortie de mon hôtel et suis allée en bord de mer. Là, parmi tous les stands de nourriture, j'en ai choisi un qui vendait du bhel puri. J'ai dit oui à tout : oui au chutney de tamarin, oui aux oignons émincés, à la coriandre et aux tomates, oui au riz soufflé, aux piments et aux cacahuètes. J'ai emporté mon casse-croûte délicieux sur son assiette en carton et je me suis assise sur une marche tout près de cabanes de fortune où vivaient un grand nombre de familles. Un panneau était cloué à un mur : *Lessive interdite. Cuisine interdite.* Tout le monde cuisinait et lavait ses vêtements.

Le soleil se couchait sur la mer d'Arabie, celle où les cendres de Gandhi avaient été dispersées en 1948 et d'où émergeaient parfois les tortues qui allaient pondre leurs œufs sur les plages quand il n'y avait pas de chiens sauvages dans les parages. Depuis cette marche, j'ai regardé une femme en sari rose rouler un matelas qui se trouvait sur le sol en béton de l'une des cabanes. Un vieil homme, peut-être son grand-père, avait dormi dessus. Puis elle s'est mise à cuisiner dans un coin sur un réchaud pendant que l'homme cherchait ses sandales. Les corneilles se sont réunies à mes pieds comme si elles étaient mes meilleures amies. Elles semblaient me dire que la moindre des politesses serait que je partage mon bhel puri avec elles. Au festival, une cinéaste italienne mariée à un homme de Mumbai m'avait dit que quand sa mère arrivait de Rome pour la voir elle jetait des chapatis aux corneilles depuis le balcon. Apparemment, elle croyait que ça lui porterait chance. Un jour, elle a vu ces mêmes oiseaux déchiqueter un énorme rat, leur bec plongé jusqu'au tréfonds des entrailles sanglantes. À compter de ce jour, elle a tourné le dos aux corneilles et ne leur a plus jamais jeté de chapatis pour se porter chance. Elle avait voulu en voir quatre d'un coup parce que les voisins lui avaient dit que cela lui apporterait la richesse.

Deux filles, peut-être sœurs, tiraient un seau jusqu'à une pompe à eau. Au bout d'un moment, elles se sont mises à laver les assiettes empilées dans le seau en discutant avec autant d'animation que les corneilles. Une Indienne du festival m'avait dit : "En éduquant les filles, on peut changer le monde." C'était à ça que je pensais pendant que je terminais mon bhel puri, les yeux rivés sur la mer d'Arabie.

J'ai quitté les misérables cahutes et la chaude brise marine pour retrouver les hectares de sol en marbre poli et l'air froid de l'hôtel climatisé. Je n'avais qu'à traverser une route pour changer littéralement de monde. J'ai noté cet étrange passage dans un coin de ma tête et il a indirectement influencé l'écriture de *The Man Who Saw Everything*.

Au festival, dans une pièce qui servait autrefois de studio dans le Bollywood des années 1930, on m'a offert mon premier verre de chai masala, parfumé à la cardamome, à la cannelle, à la badiane et aux clous de girofle. Un écrivain de Calcutta est venu me parler. Il m'a raconté qu'avec sa femme ils vivaient désormais à Goa dans la maison de leurs rêves. Si je voulais vivre là-bas, m'a-t-il dit, je pourrais me payer une maison avec cuisinier et chauffeur. Je pourrais écrire mes livres et nager dans la mer plutôt que me ratatiner dans le climat anglais. Il m'a mis des noms de lieux par écrit pour que j'aille les explorer quand je partirais en quête d'une maison, mais je voulais surtout lui demander à quoi ressemblerait la vie pour une femme seule, une femme qui allait bientôt avoir soixante ans. Je n'ai pas posé la question parce que ça donnait l'impression que je m'écrivais un avenir solitaire, sans compagnon. L'écriture de ce scénario-là me rendait superstitieuse, mais pour être honnête je le croyais vrai.

L'intrigue avait bifurqué quand un charmant citoyen de Delhi se décrivant comme un homme qui murmurait aux arbres s'était mis à me murmurer à l'oreille sur un ton enjôleur lors d'une fête donnée pour les auteurs. Il m'a dit que les arbres assoiffés étaient un problème quand l'eau manquait. Par conséquent, et vu l'évolution du climat, les arbres qui avaient besoin de beaucoup d'eau finiraient par disparaître, comme les tigres. Mais ses arbres préférés restaient les figuiers de la région, avec leurs feuilles en forme de cœur. Est-ce que je savais que les figues poussent toujours par deux – haha, quelle sagesse, personne n'a envie d'être seul – et que le jus de leur écorce est excellent contre les rages de dents ? Une bonne chose à savoir (ses lèvres se pressaient contre mon oreille en me susurrant ces mots) si on tombe malade et que l'on n'a personne pour s'occuper de soi. Il aimait son whisky et ses cigarettes et s'amusait du fait que je fume des bidis. Pourquoi les aimez-vous ? a-t-il demandé. J'ai répondu qu'elles étaient aromatiques. Il a expliqué que le tabac d'une bidi était roulé dans une feuille de *tendu*. "Il faut que vous m'épousiez, a-t-il dit. Oui, il faut que vous Veniez Vivre avec Moi dans les Collines de Delhi, nous pourrons planter des arbres ensemble et vous fumerez des bidis." Au milieu du bruit et de l'amabilité qui régnaient dans cette fête, avec cet homme à côté de moi et le flot incessant de vodka tonic accompagnées de leurs rondelles de citron vert, la proposition semblait alléchante.

Oui, pourquoi tu n'acceptes pas ? Plier bagages et partir vire dans les collines de Delhi avec l'homme qui murmure aux arbres.

Ma maison serait entourée de figuiers sacrés et il murmurerait aux figues, les encouragerait à commencer à mûrir dès la mi-avril pour avoir une seconde récolte en octobre. Après tout, il était élégant, drôle et intelligent. J'appellerais mon meilleur ami pour lui raconter mon nouveau plan, et puis j'ai vu le regard de l'homme qui murmurait aux arbres suivre une belle jeune femme qui venait d'arriver à la fête en minirobe à paillettes. Je me suis aperçue que l'idée n'était pas si bonne, finalement. Quoi qu'il en soit, on m'avait offert une nouvelle image de moi fumant des bidis dans les collines de Delhi. Et autre chose encore. C'est à cette fête que j'ai goûté la glace à la goyave pour la première fois. Elle était servie saupoudrée de sel et de flocons de piment, une version de l'engouement pour le sucré-salé qui avait aussi saisi les Britanniques avec le caramel au beurre salé. La glace à la goyave était onctueuse, pulpeuse, charnue, d'un autre monde. Je me suis juré d'apprendre à en faire, si ce n'est dans ma nouvelle maison sur les collines de Delhi, du moins dans mon appartement sur les collines du nord de Londres.

Une célèbre architecte suisse qui se trouvait à la fête m'a invitée à venir voir sa maison. Quand je suis arrivée, le lendemain soir, j'ai remarqué qu'elle vivait seule avec deux chiens féroces et une flottille de domestiques. Elle m'a fait visiter la maison élégante qu'elle avait conçue, montré les objets et les tissus magnifiques disposés avec goût dans chaque pièce. Trois lampadaires recourbés blancs qui m'ont rappelé les mouettes sur la plage de Brighton. En fait, je préférais les vraies mouettes hurlantes. Alors que nous nous tenions près de la fontaine dans sa cour verdoyante, je me suis demandé si j'avais eu raison de remplacer la fontaine sur le domaine de ma vieille demeure majestueuse par une rivière. Sage décision, me suis-je dit. J'avais l'impression que cette eau morte était une banale imitation d'une eau vivante. Son gargouillement répétitif me rendait dingue, comme d'écouter la mauvaise musique de quelqu'un d'autre. J'avais envie de l'éteindre. Curieusement, il me semblait qu'il n'y avait nulle part où rêvasser, dans sa maison, pas d'alcôves ni de recoins, aucun espace qui ne soit pas apprivoisé. C'était peut-être une maison témoin.

La table a été mise par son personnel et nous avons dîné dans un silence inconfortable. Je ne lui ai pas parlé de mon rêve de vieille demeure majestueuse avec un grenadier dans le jardin ni de la cheminée en forme d'œuf d'autruche. Il s'est trouvé que sa cuisinière avait elle aussi fait de la glace à la goyave. Je lui ai demandé la recette, qu'elle m'a gentiment récitée et que l'architecte a traduite du marathi en anglais. J'ai expliqué que je voulais essayer d'en faire à mon retour au Royaume-Uni. Mon hôtesse a semblé étonnée que je n'aie pas de cuisinière. “Dans ce cas, vous devez rapporter quelques caisses de goyaves. C'est la saison”, m'a-t-elle dit.

Elle a appelé son chauffeur et m'a saluée d'un geste de la main, debout près de la fontaine morte de la cour, son autre main retenant l'un de ses chiens féroces par le collier.

En me connectant pour confirmer mon vol de retour vers le Royaume-Uni, j'ai découvert que la compagnie aérienne n'acceptait pas MUMBAI comme aéroport de départ. Apparemment, Mumbai était un lieu inconnu. La plus grande ville d'Inde, la ville qui avait été à l'avant-poste de la lutte pour l'indépendance, n'existait pas. Cela signifiait-il que le musée dédié à Gandhi sur Laburnum Road, la maison en pierre et bois où il avait vécu plus d'une décennie, n'existait pas ? Et qu'en était-il de son rouet près de son matelas ? Est-ce que ça aussi, c'était un fantasme ? J'ai dû taper le mot MUMBAI environ quinze fois, mais la compagnie aérienne n'en voulait pas.

Je me suis éloignée de mon ordinateur portable et j'ai observé le ciel par la fenêtre à double vitrage qui ne s'ouvrait pas. Pendant ce temps, le climatiseur soufflait un froid arctique dans ma chambre. Si seulement j'avais apporté un manteau ! Angoissée, j'ai fait les cent pas sur la moquette beige de l'hôtel puis je me suis rassise devant mon ordinateur. En regardant l'écran, je me suis aperçue que j'avais tapé MOMBAI. En Afrique du Sud, où je suis née, *mum*, maman, s'écrit *mom*, et c'est comme ça que j'ai toujours appelé ma mère.

Mombai.

Mombye. Bye, Mom.

Je n'acceptais pas sa mort.

Ma mère à Mumbai m'est apparue sous la forme d'un visage dans le ciel. Son visage était un nuage et j'ai dit : "Salut, maman. Comment ça va ? Où es-tu ?"

Je ne savais pas pour quelle raison je pleurais quand j'ai pleuré au sujet de ma mère. Ou est-ce que je pleurais *pour* ma mère ? À Mombai, j'étais Indeuillée. Ce dont je me souvenais, les années passant après sa mort, n'était pas la femme dans son ensemble, mais ses expressions. Ses yeux et sa bouche. Cette expression qui n'appartenait qu'à elle pourrait être qualifiée de *pensive*. Elle réfléchissait à quelque chose. Autre question : pourquoi ne pouvais-je pas voir son corps dans son entier ? La voir debout, je veux dire. Dans mes souvenirs, elle est toujours assise. Parvenue à un grand âge, elle passait beaucoup de temps assise parce qu'elle boitait, et nuit et jour elle lisait des livres sur son Kindle. Mais je me demandais si elle m'apparaissait toujours assise ou comme un visage sans corps parce que je l'avais amoindrie, rendue plus petite qu'elle n'était, comme si je ne supportais pas de la voir se tenir debout, tête haute, plus grande que moi.

De fait, je l'ai amoindrie. Je ne voulais aucun de ses problèmes. Je ne voulais rien de sa souffrance. Je ne voulais pas être comme elle. Elle ne m'offrait aucune vision optimiste de la cinquantaine ou de la vieillesse. Pourtant, je l'aimais démesurément. Quand j'y repense, je comprends que ça n'était pas vraiment son rôle d'offrir un optimisme qu'elle n'éprouvait pas ou auquel elle n'avait pas accès. Je crois que je lui en voulais parce que j'avais besoin qu'on m'encourage, peut-être même qu'on me mente un peu sur les bords. *Tout va bien se passer, tu vas t'en sortir*. Je crois que ma mère était incapable de dire quoi que ce soit si elle n'était pas convaincue. Vraiment, elle n'avait rien d'un personnage féminin porté disparu puisqu'elle était tout à fait unique dans son pessimisme existentiel ; simplement, elle n'était pas le personnage maternel que je voulais qu'elle soit. Au fond, qu'est-ce que ça veut dire, *maternel* ? Si cela implique de réconforter, protéger, éduquer, nourrir, encourager, mentir, d'être l'ancre dans la tempête de la vie, d'être toujours *là*, tous les personnages ne sont pas armés pour gérer un tel arsenal de qualités. Parmi les femmes de ma connaissance, beaucoup de celles qui n'avaient pas d'enfants étaient bien plus en mesure de répondre à ces exigences impossibles.

J'ai passé ma dernière soirée à Mumbai à faire le deuil de Mombai. Quand j'ai appelé Vayu pour la remercier et lui raconter comment j'avais rebaptisé la capitale de l'Inde, elle m'a dit : "Ce n'est pas la première fois qu'elle change de nom. Et je ne vois pas pourquoi Bombay ne pourrait pas s'appeler Mombay. Au fait, ne perds pas espoir, je sais qu'il va t'arriver quelque chose de formidable dans les trois prochains jours."

Six

Londres

À mon retour dans le nord de Londres, j'ai souffert du décalage horaire comme à mon habitude et me suis réveillée à quatre heures du matin avec l'envie pressante d'un dhal bien liquide comme ceux que je savourais tous les matins à Mumbai pour le petit déjeuner. J'ai improvisé une espèce de soupe épicée dans ma cuisine londonienne : une boîte de pois chiches, de l'ail, du gingembre ainsi que du garam masala, puis j'ai écrasé un bout de racine ratatinée de curcuma que j'ai ajouté au plat en hommage à ma conversation avec Vayu. Bientôt, ma cuisine londonienne a embaumé les épices en train de chauffer. J'ai mangé un petit bol de cette soupe en regardant le ciel encore sombre. Des souvenirs de mes conversations à Mumbai me sont revenus. Deux banquiers courtois et sophistiqués m'avaient dit qu'ils avaient “une jeune femme qui aidait à la maison”, âgée de dix-sept ans, dont la mère avait marié sa fille aînée grâce à un emprunt fait à un prêteur sur gages. Mais le mari était violent et la fille aînée avait dû fuir. Alors les banquiers avaient remboursé l'emprunt à la place de la mère, et en échange la cadette, sœur de la mariée, travaillait pour eux afin de payer la dette. Laver le sol et les toilettes gratuitement pour que votre sœur échappe aux coups de son mari portait la sororité à un niveau inédit.

J'ai raconté l'histoire à ma fille quand elle s'est réveillée. D'après elle, elle serait sûrement prête à faire la même chose pour sa sœur s'il le fallait. Et quand sa sœur serait en sécurité, elle prendrait la fuite, mais est-ce qu'elle pouvait avoir du porridge pour son petit déjeuner plutôt que de la soupe de pois chiches épicée ? Après quoi elle est allée dans la salle de bains, d'où je l'ai entendue crier : "Où sont nos brosses à cheveux ?" Même s'il était trop tôt pour crier, j'ai remarqué qu'elle avait dit "nos" brosses. Il me semblait que j'avais la mienne, *à moi*, et qu'elle avait la sienne, *à elle*, mais à cet instant elle avait perdu la sienne. Quoi qu'il en soit, peut-être à cause du décalage horaire, de l'incident de Mombai ou bien encore à cause de son départ imminent pour l'université, ce "nos brosses" m'a touchée alors je lui ai donné la mienne comme si c'était la sienne.

Elle avait vécu chez son père quand j'étais en Inde et rien n'était plus simple que d'égarer des affaires entre les deux maisons.

Elle a occupé la salle de bains pendant plus d'une heure et j'en ai profité pour lui préparer du porridge. Une fois ses boucles lissées et bichonnées, elle a pris place à table, a plongé un doigt dans la soupe de pois chiches, lui a trouvé un goût doux et a décrété que par ce temps hivernal, ça réchauffait. À tout choisir, voilà qu'elle préférait un plat épicé pour bien commencer la journée et elle a décliné le porridge.

Alors qu'elle glissait délicatement les cuillerées de soupe entre ses lèvres brillantes de gloss, jambes repliées sous elle sur la chaise, elle m'a dit que c'était dommage que je n'aie pas fait de parathas ou de chapatis en accompagnement de ce dhal parce qu'ils auraient été très nourrissants pour son cours de préparation aux examens. Il était huit heures. Et puis elle m'a demandé où j'avais mis "nos clés" et a renversé son verre de jus d'orange, mouillant un livre important que je voulais lire. Je lui ai dit que si un jour elle se retrouvait dans la position d'avoir à effectuer des tâches domestiques pour libérer sa sœur d'un mauvais pas elle serait renvoyée sur-le-champ. Ramassant son sac à dos, elle a désigné le bananier comme s'il participait à la conversation parce que c'était mon troisième enfant ou comme si elle voulait dire *Énerve-toi plutôt contre la plante*, puis a claqué la porte et a remonté les Couloirs de l'Amour gris et sales.

Après son départ, j'ai aperçu *ses* clés sous la table. Ça m'a rappelé la clé laissée sur l'arbre à Central Park. Ma fille pensait-elle pouvoir traverser les murs pour entrer dans *notre* appartement ou se préparait-elle à quitter *mon* appartement, auquel cas ce geste était une façon de partir pour de bon de la maison ? J'ai laissé les clés sous la table, mis le livre à sécher sur le radiateur et arrosé le bananier à la soif insatiable. Peut-être qu'un jour il deviendrait aussi rare qu'un tigre. Et puis voilà qu'en cette matinée marquée par le décalage horaire le courrier est arrivé. Au milieu des factures se trouvait une enveloppe provenant d'Amérique.

En l'ouvrant (avec mes doigts tachés de curcuma), j'ai appris que l'université de Columbia m'avait accordé une bourse de recherche pour aller à Paris, dans le quartier de Montparnasse. J'allais faire partie des douze premiers bénéficiaires de cette bourse au tout nouvel Institute for Ideas and Imagination. Mon travail commencerait à l'automne, pile quand ma fille partirait à l'université, et on me demandait de venir vivre neuf mois à Paris.

Qu'adviendrait-il du bananier ?

J'ai scruté la lettre une fois de plus, puis mes doigts tachés de curcuma.

Bonjour, Oracle Vayu, lui ai-je lancé dans ma tête, quelque chose de vraiment formidable vient de m'arriver.

Souffrant toujours du décalage horaire, ma valise indienne défaite, et sans brosse à cheveux à présent que ma fille avait glissé la mienne dans son sac, j'ai enfourché mon vélo électrique et roulé vers mon ancien cabanon d'écriture pour annoncer la nouvelle à Celia, la propriétaire. Je me suis aussi demandé ce que j'allais faire de mon nouveau cabanon d'écriture. Je louais deux cabanons alors qu'en toute vraisemblance je ne serais bientôt plus qu'un spectre dans l'un comme dans l'autre.

Celia était mon ange gardien, mais ses ailes n'arrivaient plus à la faire décoller du sol. À quatre-vingts ans passés, elle avait eu une attaque et ne pouvait plus marcher. Son moral était au plus bas tandis qu'elle s'adaptait aux nouvelles contraintes que lui imposait l'existence, mais ses yeux bleus restaient féroces. Le vétérinaire venait de retirer son autre œil à sa petite chienne Myvy. Celia y voyait parfaitement, mais était morose. Myvy n'y voyait rien, mais était guillerette.

Pour détendre l'atmosphère, nous avons décidé que Celia me lirait à voix haute quelques pages du court roman de Leonora Carrington, *Le Cornet acoustique*. Écouter une femme du même âge que la protagoniste de cette novella, qui traverse en outre les mêmes épreuves qu'elle, était une expérience profondément émouvante. Carrington avait donné à sa vieille protagoniste la dignité de l'imagination, de l'humour et un certain nombre de réflexions pertinentes sur l'immobilier.

> Les maisons sont comme des corps. Nous sommes reliés aux murs, aux toits et aux meubles, tout comme nous dépendons de nos foies, de nos squelettes, de notre chair et du flux de notre

> sang. Je ne suis pas une beauté, nul miroir n'est nécessaire pour m'assurer du fait. Néanmoins, je m'accroche à cette carcasse décharnée comme si c'était le corps limpide de Vénus elle-même.

La pire chose que le grand âge ait infligée aux deux vieux personnages de Carrington était la perte douloureuse de leur indépendance. Elles ne supportaient pas que ceux qui contrôlaient désormais leur vie parlent d'elles à voix basse. Du point de vue de Carrington, un cornet acoustique permettant d'entendre les propos murmurés de ses adversaires était donc un moyen de reprendre le contrôle.

> … songez au pouvoir réjouissant que donne l'écoute des conversations d'autrui alors que ce dernier croit que vous ne pouvez l'entendre.

Ce récit est une folle aventure surréaliste et joyeuse. Marian Leatherby (quatre-vingt-dix-neuf ans) reçoit un cornet acoustique de son amie Carmella. En retour, Marian apporte un œuf à Carmella, mais, hélas, le fait tomber et comprend qu'il est irréparable. Carmella aime fumer des cigares noirs. "On ne saurait se fier aux êtres âgés de moins de soixante ou soixante-dix ans s'ils ne sont pas des chats, vous ne sauriez vous montrer trop prudente."

Pendant ce temps, dans la nouvelle réalité de Celia, ses deux chattes, Moony et Jan – "C'est celle qui est douce", a expliqué Celia en parlant de Jan, qui avait un poil plus soyeux –, dormaient toutes les deux sur ses pieds la nuit, mais Moony aimait changer de place aux premières heures du jour et venir dormir sur sa poitrine. Cela inquiétait l'aide à domicile officielle de Celia, qui craignait que le chat ne l'empêche de respirer. "Ne soyez pas ridicule, bordel ! a hurlé Celia. Si je ne me suicide pas, c'est uniquement parce que Jan, Moony et Myvy sont là." En ce sens, Celia prenait soin de son bonheur précaire, comme la novella de Carrington suggérait de le faire.

> Nul ne saurait vous rendre heureuse, il vous faut faire votre bonheur vous-même.

Celia Hewitt et feu son mari, le poète Adrian Mitchell, m'ont connue à mes débuts d'écrivaine, quand je publiais des poèmes et des nouvelles dans quelques revues et magazines. De temps en temps, Adrian m'invitait à venir chauffer la salle avant l'une de ses lectures de poésie phénoménales. À présent, bien des années plus tard, Celia me demandait tous les jours mon âge, comme si elle n'arrivait pas tout à fait à croire à la réponse. Une fois de plus, je lui ai dit que j'avais cinquante-neuf ans, et approchais des rives de la soixantaine. Je me demandais tout haut si je pouvais accepter de déambuler sur cette partie de la plage. Celia a rétorqué que je n'avais pas le choix et que ce n'était donc qu'une question d'acceptation. Pour se mettre du baume au cœur, elle avait décidé de s'offrir une nouvelle paire de lunettes. La monture, qui imitait l'écaille de tortue, était aussi épaisse que son pouce. Elle m'a raconté qu'en essayant ces lunettes elle avait pensé : *Oui, j'imagine que c'est ça que fait la tortue. Elle s'extirpe de sa carapace, scrute le monde, hurle : "Debout, les damnés de la terre !" et rentre dans sa carapace.*

Celia s'inquiétait surtout que la cécité de Myvy l'empêche de grimper sur le lit pour rejoindre les chats la nuit. Elle a effectué des recherches sur son iPad et a commandé une petite rampe en bois qui pouvait se fixer au lit. Avec cet accessoire, la chienne irascible pourrait grimper sur le lit et dormir avec elle, entre les chats doux et rêveurs. L'image de ce lit king size, avec sa rampe, trois animaux et une vieille dame farouche ne valait rien aux yeux de la société, mais tout l'or du monde aux miens. Peut-être que je proposerais Celia comme protagoniste féminine aux producteurs de cinéma lors de notre prochaine réunion.

Était-elle sympathique ?

Celia était l'une des rares femmes que je connaissais à être vraiment elles-mêmes. Elle était plus elle-même que je n'étais moi-même. Elle n'essayait pas de faire plaisir à quiconque et ne correspondait pas du tout à l'idée que le patriarcat se faisait d'une vieille femme : patiente, prête à tous les sacrifices, au service des autres, affectant d'être heureuse quand elle avait envie de se pendre. Si les vieilles femmes sont censées ne pas vouloir causer d'ennuis, Celia avait décidé d'en causer autant que possible.

L'ennui en question : comment combiner vie créative et vieillesse.

Le fils d'un ami de Celia vivait dans le grenier de sa grande maison. En échange de ce logement gratuit, il s'occupait d'elle avec l'aide à domicile officielle. Quand cela devenait trop lourd pour lui, avec la permission de Celia, son meilleur ami de Manchester venait lui donner un coup de main. Ces deux jeunes hommes, des étudiants d'une vingtaine d'années, faisaient régner la joie dans la maison, supportaient l'humeur changeante de Celia, préparaient des repas originaux, jouaient de la musique qui plaisait à tout le monde, et comme toute personne contrainte de s'occuper d'une autre le saura, ces jeunes endossaient des responsabilités énormes parallèlement à leurs études.

Parfois, quand je passais pour écouter Celia lire *Le Cornet acoustique*, l'un des garçons était en train de faire mariner un gigot d'agneau dans une étrange sauce, à partir de raisins secs et de vinaigre balsamique, par exemple, et Celia disait, citant *Le Cornet acoustique* : “Je ne mange jamais de viande, car j’estime que c’est mal d’enlever la vie aux animaux, qui, par ailleurs, se mâchent difficilement.”

J’avais de nouveau l’impression qu’à toutes les étapes de la vie rien ne nous oblige à nous conformer à ce qui a été écrit pour nous, surtout quand ceux qui écrivent ont moins d’imagination que nous.

C’est aussi de cela que parle *Le Cornet acoustique*.

Quand Celia m’a dit qu’elle avait des hallucinations bizarres qui lui faisaient croire qu’elle était ailleurs que dans son lit, j’ai demandé si ses hallucinations l’avaient emmenée dans un endroit où elle aurait aimé être. “Oh oui ! a-t-elle répondu. Des fois je suis dans la maison du Yorkshire avec Adrian – c’était ma maison préférée. Elle avait une cheminée, une rivière et un bois au bout du jardin.” J’ai suggéré qu’il était donc inutile d’avoir peur de ces hallucinations si son imagination l’emmenait dans un endroit plus agréable. Elle pouvait se laisser aller à profiter de la maison du Yorkshire et puisqu’elle revenait toujours à la réalité en hurlant sur l’aide à domicile officielle parce qu’elle était malheureuse d’être coincée dans un corps incapable de marcher, il n’y avait aucune raison de s’inquiéter, si ce n’est du ton qu’elle adoptait avec l’aide à domicile officielle. “Oh, ferme-la, a-t-elle répliqué.

— Pas avant de t'avoir annoncé ma bonne nouvelle.

— Alors vas-y."

Quand je lui ai parlé de la bourse pour Paris, elle a fait semblant de ne pas m'entendre, alors je suis allée retrouver mon ancien cabanon d'écriture sous le pommier dans le jardin.

"Nous sommes à la maison, Toto. À la maison !"
Le Magicien d'Oz (1939)

J'avais écrit trois livres dans ce cabanon poussiéreux. Sa tranquillité avait abrité mon travail d'écriture au moment où mon mariage longue durée sombrait et où je me démenais pour que tout ne vole pas complètement en éclats. Je me rendais compte que j'avais du mal à m'en séparer maintenant que la maison était mise en vente. Mon gros ordinateur se trouvait toujours sur le bureau d'Adrian, à présent recouvert d'un drap blanc. D'une certaine façon, j'avais cru que le travail de toute une vie serait en sécurité dans cette petite boîte noire en forme de disque dur externe appelée Time Machine et encore branchée à l'arrière de l'énorme poste. Quand ma vie professionnelle s'est transformée en vie nomade pour promouvoir mes livres, j'ai pris l'habitude de travailler sur le tout petit écran de mon ordinateur portable. Le grand appartenait à une autre vie, une vie plus petite, reliée au foyer. Le cabanon abritait également de nombreux dossiers contenant les différentes versions de mes romans, ainsi que mes premières pièces à différentes étapes et que j'avais écrites sur une machine à écrire turquoise Lettera 32. J'avais adoré cette machine, avec son boîtier de transport assorti, et je me suis demandé ce qui lui était arrivé. Devoir marteler ces touches pendant toute la durée de l'écriture d'un roman faisait parfois naître de petites callosités au bout de mon index. En ce sens, cette machine était un véritable outil, pareil à une faux ou une scie ; s'en servir nécessitait un effort physique. Elle n'avait aucun moyen de me projeter dans les mondes virtuels de l'Internet, mais ça m'amusait de changer son ruban et d'entendre le bruit des touches frappant le papier.

Dans un des nombreux dossiers poussiéreux où s'entassaient les posters de différentes représentations théâtrales et performances poétiques, j'ai découvert que j'avais lu quelques-uns de mes poèmes avec l'antipsychiatre Ronald D. Laing à l'Old Vic Theatre, quand j'avais dix-huit ans. Le souvenir que j'ai de lui est vague, mais j'étais une admiratrice de son best-seller *Le Moi divisé*, écrit quand il avait lui-même tout juste vingt-huit ans. Même à cette époque de ma jeunesse où j'étais hédoniste et pleine d'espoir, j'avais su de façon plus ou moins claire que ses réflexions sur la conscience humaine, sur ce moi divisé, sur la souffrance et le langage formaient la grille de lecture qui, à mes yeux, donnait le plus de sens au monde.

> On souffre beaucoup dans la vie, et peut-être que la seule souffrance qui puisse être évitée est celle qui découle de nos efforts à éviter de souffrir.
>
> R. D. Laing,
> *Le Moi divisé* (1960)

J'avais passé une bonne partie de mon enfance en Afrique du Sud à tenter d'éviter de souffrir. Cela faisait partie de ces choses que je ne voulais pas savoir. Laing avait raison : ça exigeait tellement d'efforts. C'est toujours bon à savoir, mais, pour autant, rien n'est moins évident que de savoir quoi faire de ce savoir. C'est pour ça que je trouvais mon meilleur ami si reposant. Pour faire court, il a une passion pour l'ignorance qui est peut-être un don qu'il s'était offert et jetterait un jour à la poubelle. Je l'ai salué en moi-même et quand, en retour, il s'est écrié : "Ça y est, tu as trouvé un compagnon ?", je me suis aperçue qu'il me manquait. Qu'est-ce qui me manquait ? Son intelligence (un secret bien gardé de lui-même) et son agréable compagnie. Il y avait longtemps de ça, nous avions décidé que personne n'est totalement stupide ou totalement intelligent. Quand je lui ai envoyé un texto à Zurich pour dire que j'étais de retour dans le vieux cabanon d'écriture, il m'a répondu qu'il était temps que je passe à autre chose et que je pourrais peut-être aller travailler dans le nouveau, non ?

Je ne lui avais pas encore parlé de Paris.

Au milieu des dossiers, j'ai découvert des photos de moi quand j'avais une vingtaine d'années. Devrais-je les jeter ? Mes filles se plaignaient toujours de ne pas avoir de photos de leur mère quand elle était jeune. Peut-être que j'en garderais quelques-unes à leur donner. Tout ça était un peu oppressant et au bout d'un moment j'ai eu hâte de sortir de là. Quand je suis revenue dans la maison, Celia, les aidants officieux et l'aide à domicile officielle mangeaient du pop-corn en regardant un match de foot à la télévision. Il semblait beaucoup absorber Celia. Elle ne voulait pas lire Leonora Carrington. “Au fait, m'a-t-elle dit, si tu pars pour ce truc de recherche à Paris, je te rappelle que je n'ai pas tous tes livres.” J'ai promis de les lui apporter la semaine suivante. Elle s'est renfrognée comme si elle s'en moquait complètement, puis a ajouté : “N'oublie pas de les signer.”

Je me suis organisée pour revenir vider le cabanon pour de bon avant que la maison ne soit vendue. “C'est bon pour moi, a-t-elle lancé. Dis à ta fille que si elle part étudier dans le nord-est de l'Angleterre les gens sont gentils, là-bas. Faudrait qu'elle apprenne des expressions du Tyneside. Ta fille a toujours été une belle plante.”

Sept

Une pluie fine et silencieuse humectait les arbres du parking de l'immeuble qui tombait en ruine sur la colline. Alors que j'aidais ma fille à faire ses valises cet automne-là, je savais que la maternité héroïque entrait désormais dans une nouvelle phase. Celle-ci semblait impliquer beaucoup de valises, celles de ma fille et les miennes, un voyage vers de nouveaux horizons qui était aussi un voyage dans le passé, vers une vie que j'avais menée avant d'avoir des enfants.

Je me suis demandé s'il était possible d'être un personnage matriarcal dont les besoins, l'ego, les angoisses et les humeurs ne prendraient pas tout le monde en otage. Une femme puissante qui serait au centre d'une constellation de parents et d'amis, mais qui ne cacherait pas ses failles et n'embêterait pas le monde pour susciter l'attention ou l'empathie. Je ne suis pas sûre de l'avoir rencontrée. Et ce n'est certainement pas moi. Comment encourager, protéger et nourrir ceux dont on s'occupe tout en leur laissant leur liberté ? Peut-être que le coût secret de l'amour véritable est de le laisser prendre son envol. Et rentrer. Les parents ne donnent pas cette liberté à leurs enfants. Ces derniers n'ont pas besoin de nous la demander. Ils la prendront de toute façon parce qu'ils le doivent. Ils ne sont pas nos otages, même si je me souviens d'avoir eu l'impression de devoir payer une espèce de rançon mystérieuse à ma mère en échange de ma liberté. Ses enfants, si elle les aime, sont en elle, là où leur vie a commencé. Le simple fait d'écrire cette phrase est un mystère pour moi, alors en éprouver la vérité, n'en parlons pas.

Pourtant, dans mes rêveries de propriétés foncièrement inexistantes, mon nid n'était pas vide.

Et même plus, les murs s'élargissaient. Ma propriété s'agrandissait, comptait beaucoup de pièces, la brise entrait par les fenêtres, toutes les portes étaient ouvertes, le portail aussi. Dehors, dans mon jardin rêvé, les papillons se posaient sur les buissons de lavande violette, ma barque était remplie d'objets oubliés par d'autres : une sandale, un chapeau, un livre, une épuisette. J'avais récemment ajouté des volets en bois vert clair aux fenêtres de la maison. Mon meilleur ami a suggéré que j'ajoute une fosse septique, mais dire au revoir à ma fille cadette me suffisait en termes de réalité.

À cinquante-neuf ans, j'ai découvert que la relation que j'entretenais avec mes filles, des jeunes femmes de dix-huit et vingt-quatre ans, avait changé. Nous avions peut-être compris que nous ne nous ressemblions pas tant que ça, que nous étions différentes et n'étions pas obligées d'être pareilles. En conséquence de quoi, nous nous jugions moins, passer du temps ensemble était amusant et inspirant, et bien sûr nous nous tapions largement sur les nerfs.

J'ai énormément appris au contact de mes enfants et de leurs amies. Les premières années, la Maternité a été une longue leçon de patience et de soumission à leurs besoins. Comment pouvait-il en être autrement ? Plus tard, je suis devenue très bonne cuisinière. Je ne sais pas comment cela est arrivé, mais quand je me suis séparée de mon mari et que je me suis retrouvée à surtout cuisiner pour mes filles et leurs copines, c'est devenu un plaisir de les entendre pousser des *oh !* et des *ah !* à chaque nouveau plat, malgré leurs promesses (tenues secrètes ou pas) à divers moments de leur adolescence de s'affamer jusqu'à disparaître. Cuisiner pour ces jeunes femmes n'était pas mon meilleur atout dans la vie, elles le savaient. Certaines avaient commencé à lire mes livres et ont même écrit des dissertations dessus à l'université. Pourtant, je n'étais jamais aussi heureuse que quand je cuisinais pour ce groupe de jeunes femmes. C'était un honneur inattendu et leur plaisir me procurait une joie tout à fait primaire. Elles plaisantaient même en disant que je devrais ouvrir un café appelé Girls & Women, et ont promis de me donner un coup de main pendant les vacances.

"Et qu'est-ce qu'il vous ferait plaisir de voir en entrée sur le menu ?" leur ai-je demandé. Pour elles, l'entrée parfaite pour le café Girls & Women serait de la Vodka & Cigarettes.

Une fois de plus, la cuisine me faisait endosser un rôle que je ne comprenais pas tout à fait. Il s'était passé une chose identique avec la maternité au tout début. Peut-être était-ce même un plaisir politique que de nourrir ces jeunes femmes qui vivaient des moments si difficiles. J'aimais surtout leur appétit – face au plat préparé, certes, mais aussi face à la vie elle-même. Je voulais qu'elles puisent de la force pour tout ce que le monde les obligerait à affronter et leur jetterait au visage. Ainsi que ma majestueuse amie Agnes l'a suggéré, la douleur que les hommes infligent aux femmes et aux filles me rendait furieuse. J'ai toujours été furieuse, il fallait que la vie continue, il ne fallait pas qu'on se laisse abattre. Être autrice *et* chef-en-résidence était un rôle qui restait à écrire et que je n'aurais jamais imaginé jouer. J'avais un respect immense pour l'esprit précieux de ces jeunes femmes. Parfois, il était aussi fragile que puissant, et ça me convenait parfaitement.

L'espace domestique, quand il n'est pas imposé aux femmes par la société, quand il n'est pas une misère que nous inflige le patriarcat, peut devenir un espace puissant. Travailler à ce qu'il fonctionne pour le bien des femmes et des enfants, voilà le défi. En fait, parle-t-on d'espace *domestique* ou juste d'un espace où vivre ? Et si c'est un espace où vivre, alors toutes les vies ont la même valeur, personne ne peut prendre toute la place, diffuser son humeur dans chaque pièce ou intimider les autres. J'ai l'impression que l'espace domestique est genré et qu'un espace où vivre est plus fluide. Je n'avais plus envie de m'asseoir à une table avec des couples hétérosexuels et de sentir que les femmes ne faisaient qu'emprunter l'espace qu'elles occupaient. Quand ça arrive, l'homme devient le propriétaire et la femme la locataire.

Ma fille et moi allions quitter Londres en même temps. Elle monterait ses énormes valises dans le train avec l'aide de son père et de sa sœur, et voyagerait avec eux jusqu'à une nouvelle ville dans le nord-est de l'Angleterre. Quant à moi, j'allais prendre l'Eurostar pour

Paris avec un petit dictionnaire d'expressions françaises. C'était vraiment étrange de voir à quel point je ne connaissais rien à la langue dans laquelle tous les livres qui m'avaient le plus influencée avaient été écrits. C'était scandaleusement facile d'oublier que je les avais lus traduits en anglais, si ce n'était pour le nom des rues, rue La Fayette, rue du Faubourg-Poissonnière, au coin de laquelle (souvenir de mes lectures d'adolescence) était situé le bar où l'amante fictionnelle d'André Breton, Nadja, le retrouvait, habillée en rouge et noir.

Comme je ne pouvais pas louer mon appartement parce que mes filles y reviendraient de temps en temps, j'ai demandé à Gabriella, une étudiante qui avait besoin de gagner un peu d'argent, si elle voulait bien monter le courrier et arroser les plantes. Surtout mon bananier. Nous nous sommes mises d'accord sur un prix et je lui ai donné les clés.

Ma fille cadette et moi étions nerveuses et excitées à l'idée de nous lancer dans cette nouvelle vie. Comme le dit Bachelard, un nid est une structure fragile qui, néanmoins, est censée évoquer la stabilité. Nous partions construire de nouveaux nids et ma fille avait emporté un grille-pain, une bouilloire, une poêle et trois coussins neufs pour faire son tout premier nid loin de la maison. La veille de notre départ, je nous ai préparé un festin. Beaucoup d'amis se sont retrouvés autour de cette table, dont Gabriella, et autant de bouteilles de vin. Ni ma fille ni moi n'avons très bien dormi. Je l'ai entendue parler tout bas sur Skype avec ses copines à trois heures du matin et j'ai appris un peu de français avec les chansons de Juliette Gréco.

Je suis comme je suis.

Parlez-moi d'amour.

La dernière chose que j'ai glissée dans la main de ma fille était une brosse à cheveux flambant neuve. Elle a souri et l'a pointée dans la direction du bananier.

“J'espère que Gabriella n'oubliera pas d'arroser ton troisième enfant.”

Huit

Paris

Tout le monde, après tout, – je veux dire tous ceux qui écrivent – s'intéresse à vivre en soi afin de dire ce qu'il y a en soi. C'est pourquoi les écrivains doivent avoir deux pays, celui auquel ils appartiennent et celui dans lequel ils vivent réellement.

Gertrude Stein,
Paris France (1940)

Un homme vendait des roses roses près du métro Abbesses pour cinq euros. Il semblait avoir faim, traverser une mauvaise passe, alors je lui ai acheté un bouquet. En rapportant les fleurs dans mon nouvel appartement montmartrois, je me suis aperçue que les tiges n'avaient pas la même longueur, certaines étaient si courtes qu'elles ne tenaient même pas dans une tasse. Il avait dû les cueillir à la hâte, peut-être dans un parc. Il les avait enveloppées dans un plan du métro parisien, la ligne jaune du RER C direction Pontoise visible sur le coin en haut à gauche. Des pétales étaient tombés et s'étaient collés au plan. On aurait dit un poème.

Un poème tiré des *Fleurs du mal* de Baudelaire, peut-être. J'ai épinglé les pétales au plan (stations Rennes et Notre-Dame-des-Champs) que j'ai ensuite collé au mur avec du Scotch bleu. Ces deux stations n'étaient pas très loin du jardin du Luxembourg, qui abrite une roseraie.

> Quand vous prenez une fleur et que vous la regardez vraiment, elle devient votre monde. Je veux transmettre ce monde à quelqu'un d'autre.

Ce vendeur m'avait transmis une partie de son monde. Les roses n'étaient pas très attrayantes. Les fleurs ne se sont pas figées sous l'insistance de mon regard, elles respiraient, étaient tout à fait vivantes, chaotiques, déplacées. Ces roses voyageaient comme ces gens sans abri qui passent une partie de la nuit dans les rames du métro, Nation, Pont-Marie, Bastille, Mirabeau. Dans le même temps, elles s'ouvraient et se fermaient, frémissaient, se donnaient en spectacle et poussaient sur le mur en pierre de la maison de mes rêves. Et sur les étagères de mon nouvel appartement, j'avais rangé mes romans de Jean Genet, l'écrivain que Jean-Paul Sartre appelait "le poète kleptomane" : *Notre-Dame-des-Fleurs*, *Miracle de la rose*, *Journal du voleur* dans lequel Genet décrit les hommes les plus endurcis de la prison comme aussi fragiles et sensuels que des fleurs :

Il existe donc un étroit rapport entre les fleurs et les bagnards.

Mon nouvel appartement était à cinq minutes du Sacré-Cœur. C'était une version de celui que j'habitais à Londres dans le sens où il était situé sur une colline dans un immeuble qui avait été somptueux mais aurait eu besoin d'être rénové. Pas de sombres Couloirs de l'Amour parce que les couloirs étaient charmants, mais un escalier en colimaçon qui montait jusqu'au troisième étage. Les cloches du Sacré-Cœur ont sonné pendant que j'ouvrais mes valises. Un sapin planté dans le jardin projetait son ombre dans le salon. Il gardait toute la lumière pour lui. Je n'étais pas sûre qu'un persistant soit une bonne idée. Il garderait toujours la lumière pour lui. Peut-être que par beau temps je pourrais descendre écrire à l'ombre de ses branches, ce qui voulait dire qu'il me fallait acheter une table qui pouvait se replier (comme une fleur) et que je transporterais dans l'escalier en colimaçon. J'avais eu du mal à monter mon énorme valise dans ce même escalier, mais le concierge m'avait aidée. Je dirais qu'il n'était ni chaleureux ni froid, mais tiède, que c'était son humeur et que ça m'allait. Il m'a informée que si je voulais utiliser la buanderie commune il me donnerait un jeton en échange de trois euros et qu'il me faudrait le code pour entrer dans le bunker en béton du jardin où vivaient les deux lave-linge. Donc, m'a-t-il expliqué, si je voulais laver mes vêtements, je devais traverser le jardin jusqu'à la buanderie, et par ailleurs il y avait un étendoir en plastique pour les faire sécher dans l'appartement. J'aurais aussi besoin du code pour passer le portail de l'immeuble. Je me suis vite inventé une comptine pour ne pas oublier le code et éviter de me retrouver enfermée dehors en pleine nuit. La comptine était assez obscène et j'ai regretté de ne pas pouvoir la partager sur-le-champ avec mes filles. Plus tard, quand je la leur ai récitée, elles l'ont aussitôt retenue pour leurs futures visites.

Le concierge a fait l'état des lieux et répertorié les objets qui se trouvaient dans l'appartement et pour lesquels j'avais payé une caution : deux tasses, deux couteaux, deux fourchettes, une casserole et une planche à pain. Il y avait également un bureau ainsi qu'une chaise, deux lits simples dans une chambre plus petite que la grande salle de bains juste à côté. Cette salle de bains n'avait pas de baignoire, mais une douche minuscule et de grandes fenêtres avec une vue panoramique sur Paris. Cet inventaire a duré longtemps par rapport au peu de choses qu'il y avait à passer en revue. Le concierge s'était installé sur la chaise du bureau et moi sur le parquet, vu qu'il n'y avait nulle part ailleurs où m'asseoir. Il a fixé du regard les murs nus (hormis mon plan de métro avec ses pétales de rose), le stylo-bille en suspens comme s'il avait oublié quelque chose d'essentiel – un canapé, peut-être, ou une table avec plus de chaises ? Dans l'appartement du dessous, j'entendais le ronronnement d'une scie électrique. "Ah, c'est ça", a-t-il dit, il avait oublié d'inclure l'étendoir. Nous avions enfin fini. Après son départ, j'ai rapproché les deux lits, sorti les draps, la housse de couette et les taies d'oreiller en soie couleur curcuma, et j'ai bordé mon trône nocturne. J'ai jeté un regard circulaire à l'appartement où il n'y avait rien. C'était donc à ça que ressemblait un nid vide. Lugubre. Ou était-ce plutôt dépouillé, lumineux et spacieux ? En 1949 déjà, alors que paraissait *Le Deuxième Sexe*, Simone de Beauvoir pensait qu'il était capital pour les femmes de s'émanciper d'une vie enchaînée à la maison et aux enfants.

> Les travaux domestiques auxquels elle est vouée, parce qu'ils sont seuls conciliables avec les charges de la maternité, l'enferment dans la répétition et dans l'immanence ; ils se reproduisent de jour en jour sous une forme identique qui se perpétue presque sans changement de siècle en siècle ; ils ne produisent rien de neuf.

J'ai malgré tout décidé de désobéir à Beauvoir et de trouver un Monoprix dans le quartier où me faire un stock d'assiettes et de couverts. Une maison dépourvue des ustensiles de base pour recevoir des amis autour d'une table me rendait superstitieuse. Quand je suis descendue rue des Abbesses, mon attention a été détournée par un magasin de chaussures. La vitrine exposait ce qu'on appelait des "chaussures de caractère", talons bas, bride fine sur le dessus du pied, peut-être dessinées pour ressembler à des claquettes. Il était difficile d'en trouver à Londres alors j'en ai acheté deux paires, une noire, l'autre vert sauge. Après quoi, je suis allée à la brasserie d'en face, où j'ai commandé une soupe à l'oignon ainsi qu'un verre de vin rouge, et je me suis assise en terrasse pour regarder les passants. Toutes mes idées pour remplumer mon nid parisien afin de le rendre plus accueillant se sont envolées. Le concierge m'avait dit que le Monoprix le plus proche était localisé en bas de la butte, à Pigalle, où je savais qu'André Breton, chef de file du mouvement surréaliste français, avait vécu. *Bon, pourquoi ne pas souffler un peu avant de te faire encore un autre chez-toi ? Et maintenant que tu as des chaussures de caractère, pourquoi ne pas t'inventer un autre personnage ?* Après tout, je n'avais encore jamais acheté de chaussures vert sauge. Peut-être que Katherine Mansfield s'exprimait à travers moi. Je l'imaginais très bien porter des chaussures vertes :

> N'aimeriez-vous pas essayer toutes sortes de vies – une seule est si étriquée – mais c'est la satisfaction que procure l'écriture – on peut incarner tant de gens.
>
> Katherine Mansfield,
> *Lettres*

À tout choisir, je me voyais plus proche d'Apollinaire que de Mansfield. C'était une espèce de frère pour moi parce que je l'aimais autant que je me moquais de lui. Lui aussi avait vécu à Montmartre, de même que Picasso, qui disait pour rire qu'Apollinaire était le fils illégitime du pape. J'ai jeté un autre coup d'œil à mes chaussures de caractère dans leur boîte et me suis sentie un peu mal à l'aise. Pouvais-je me glisser dans le genre de personnage féminin qui porte du vert sauge ? Cette couleur particulière me rappelait la maison que j'avais louée quand j'avais vingt-six ans. L'un des colocataires gagnait sa vie en fabriquant des canoës et il peignait les rames de ce même vert. À l'époque, j'écrivais une pièce pour la Royal Shakespeare Company. La chaufferie était la seule pièce chaude de la maison, de sorte que j'y avais installé mon bureau. Le fabricant de canoës avait besoin de faire sécher ses pagaies fraîchement peintes dans la chaufferie, mais avec mon bureau, c'était impossible. Nous avions fini par trouver un compromis : il posait le manche de la pagaie non peint en équilibre sur mes chevilles le temps que sèche l'extrémité aplatie. C'est dans ces conditions que j'ai écrit mon premier texte de commande. Penser à mes pieds m'a rappelé ma première paire de creepers, aussi appelées teddy-boys, achetée chez Shellys l'année de mes dix-sept ans. Marcher avec dans la rue, c'était comme arborer un tatouage qui me faisait sortir du lot et prouvait que ma vie était pleine de sens. Le bout était pointu mais pas trop, la languette en tissu léopard (en forme de V), et l'épaisse semelle en crêpe noire faisait cinq centimètres. Une fois mes pieds nus glissés à l'intérieur, j'avais la sensation de marcher littéralement sur de l'air. Mes creepers étaient la beauté, la vérité et le génie personnifiés, et peu importait qu'elles soient rock and bop – là n'était pas la question. Elles étaient mon billet pour quitter la banlieue, mon échappatoire à tout ce que les femmes étaient censées devenir. Leur bout pointu battait au rythme de la rébellion ; des chaussures que mon père n'aurait jamais portées, des chaussures que ma mère n'aurait jamais portées, et, à vrai dire, des chaussures que peu de filles portaient, mais celles qui le faisaient étaient toujours magnifiques.

Les chaussures de caractère dégageaient quelque chose de très différent. L'inconvénient, c'était que je les associais à ces femmes qui rêvent de devenir la muse d'un artiste. L'avantage, c'était qu'elles ressemblaient aux chaussures des danseuses de cabaret et de music-hall. Elles représentaient l'opposé des baskets dans le sens où elles n'avaient rien de cool. Le hic, c'est que je les adorais. Oui, je glisserais mes pieds nus dans ces chaussures et verrais ce qui se passerait quand leurs petits talons cliquetteraient sur les pavés de Paris. Ces mêmes pavés sous lesquels se trouvait la plage, à en croire le fameux graffiti réalisé pendant les protestations étudiantes de la fin des années 1960. *Sous les pavés, la plage !**

La plage était un avenir qui n'était pas uniquement capitaliste. Un nouveau monde se trouvait sous l'ancien. Presque soixante ans après ce slogan, la plage était jonchée de plastique, de détritus, noyée sous les eaux usées et le pétrole. Je lisais la poésie de Paul Éluard dans le texte pour tenter d'apprendre le français et j'ai été séduite par une phrase qui lui était attribuée, mais qu'il avait aussi bien pu piquer à Rilke : "Il existe un autre monde, mais il est dans celui-ci." Si ce monde se mourait, mais qu'il en existait un autre à l'intérieur, peut-être que je laisserais mes empreintes de main sur les murs des 7-Eleven, Carrefour et Intermarché pour que les anthropologues de l'autre monde les étudient.

Pour brouiller un peu plus les pistes, tout en marchant dans Paris, je pensais à Berlin autour de 1988 où j'allais situer mon roman *The Man Who Saw Everything*. Le communisme avait-il été le dernier grand rêve de notre monde ? Il n'y aurait pas de plage dans ce livre, mais un lac. Un surveillant de baignade caché dans les arbres observerait deux hommes nageant nus, rendus maladroits par leur désir réciproque. De quoi rêvaient-ils pour le monde, ces trois hommes ?

Entre-temps, je me suis dit : Tu as un appartement rempli d'objets à Londres, pourquoi ne pas avoir un appartement rempli de vide à Paris ? En rentrant à la maison, après avoir tapé le code de l'entrée (en faisant rimer quelques mots salaces en anglais), j'étais toute contente de faire bouillir de l'eau dans mon unique casserole et de siroter mon café dans l'une de mes deux tasses. Je me suis perchée sur le rebord de fenêtre en regardant au loin, vers la flèche gothique de Notre-Dame.

La scie électrique ronronnante appartenait à une femme qui vivait en dessous de chez moi. C'était une sculptrice d'une vingtaine d'années et la scie était son principal outil pour tailler dans le marbre, le Perspex et la pierre. Elle recourait ensuite à d'autres outils pour sculpter, bosseler et gratter ces matériaux. Ces outils ne ronronnaient pas, ils martelaient. Je l'ai aperçue travaillant dans le salon de son appartement au rez-de-chaussée. Elle avait installé une table, avait de la poussière sur sa visière, les muscles de ses biceps fins et bronzés qui saillaient. Des gens s'étaient plaints d'entendre sa scie électrique tourner jusque tard dans la nuit mais pour ma part, ça ne me dérangeait pas tellement. L'art n'a pas d'horaires prévisibles. Si mon ordinateur faisait le même bruit que sa machine à deux heures du matin, il y aurait aussi des plaintes.

Quand j'ai aperçu l'artiste insomniaque à la scie électrique dans mon café de quartier, j'ai remarqué qu'elle lisait *India Song* de Marguerite Duras. La phrase la plus étrange de cette pièce est celle que prononce Anne-Marie Stretter : "Une certaine douleur… s'attache à la musique… depuis quelque temps… pour moi."

Peut-être que c'est comme ça avec la musique. Quel intérêt si ça ne fait pas mal ?

En route pour le quartier de Montparnasse où se trouvait mon institut de recherche, je me suis arrêtée prendre un café près du métro Lamarck-Caulaincourt, dans un bistro appelé

Au Rêve. Son néon cassé bleu brillait comme une étoile filante toute la journée. Mes nouvelles chaussures de caractère aux pieds, j'ai descendu la rue pavée à un bon rythme et suis passée devant la statue en bronze de la chanteuse Dalida autour de laquelle se pressait un cercle de touristes. On raconte que lui toucher les seins porterait chance, si bien qu'il y avait toujours une main tendue pour lui caresser un mamelon. L'un de ses seins brillait davantage, là où le bronze était patiné, pareil à une vieille relique religieuse. Assise à la terrasse du Rêve, j'ai continué ma lecture de Paul Éluard en français. Je peinais toujours et revenais sur ma traduction de certains vers, incrédule, non pas face à sa poésie, mais face à ma compréhension hésitante de cette langue… S'agissait-il vraiment du “cœur noir de mes yeux”, est-ce que l'ombre descendait vraiment des “fenêtres profondes” ? C'était un plaisir de pouvoir penser à ces choses sous le rêve cassé en néon bleu du Rêve.

Mes nouveaux collègues offraient un compagnonnage intellectuel exaltant, stimulant et convivial. Ils arrivaient des quatre coins du monde (Chine, Malaisie, Amérique, Calcutta, Nigeria, France), de sorte que le monde formé par ce groupe de recherche était plus vaste que Paris. Mais la Ville Lumière était une hôtesse séduisante, à la fois moderne et traditionnelle.

J'étais en train d'en tomber amoureuse parce qu'elle avait assez confiance pour ne pas passer son temps à sourire. Si elle m'attirait, elle se montrait aussi totalement indifférente à moi. L'un de mes collègues louait un appartement sur le boulevard du Montparnasse, près du Dôme. Il m'a raconté que l'appartement était au-dessus d'une boulangerie qui débutait son activité à trois heures du matin. Il se réveillait aux premières heures du jour avec l'odeur du pain dans les fours. Ce qui aurait dû être un délice n'avait en réalité rien de formidable, m'a-t-il dit. Tous les matins, les odeurs de croissants et de baguettes en train de cuir l'étouffaient, il en avait plein le nez, la bouche et la gorge, et à quatre heures il ne nageait pas, mais se noyait dans le sucre des différentes garnitures des pâtisseries, et plus particulièrement dans la crème au fruit de la passion et dans celle des tartes au citron qui, m'a expliqué mon collègue, est censée être un peu acide au goût, mais pas *hostile*. Est-ce que je savais que les meilleurs citrons venaient de Menton ? C'était comme si dormir au-dessus d'une boulangerie lui fournissait des informations très précises sur le sujet. Il finissait par s'assoupir dans tout ce sucre, telle une guêpe rassasiée, et il rattrapait ses heures de sommeil. Curieusement, cela ne l'a pas pour autant dégoûté des gâteaux que pouvait lui offrir Paris. Ce camarade qui avait vingt ans de moins que moi était d'excellente compagnie.

De tous les arts, l'art de vivre est sans doute le plus important. Et il était particulièrement doué dans ce domaine. J'ai songé qu'il aurait peut-être des conseils à me donner alors que j'approchais les soixante ans.

Je réfléchissais à tout ça quand je suis allée en pèlerinage sur la tombe de Simone de Beauvoir au cimetière du Montparnasse, où elle était enterrée avec Sartre. Même dans la mort, ils restaient liés. La tombe était toute simple, en grès, avec des baisers au rouge à lèvres laissés sur la pierre. C'était une tombe d'embrassades avides et fantomatiques, et je me suis demandé si ces lèvres passionnées cherchaient plutôt Sartre ou Beauvoir. Je me suis aussi dit qu'avec la météo, ces baisers faits au rouge à lèvres n'avaient pas bien vieilli, mais peut-être que c'était juste ce qu'il fallait pour célébrer la relation non exclusive et le compagnonnage de deux grands philosophes français.

Je lisais *La Femme rompue* de Beauvoir, publié en 1968 par Gallimard. Elle avait donc autour de soixante ans quand elle a écrit la première longue histoire de ce recueil, “L'âge de discrétion”. Ça parle d'une femme qui vieillit, c'est un long hurlement face à la lumière de la jeunesse qui agonise. Le compagnon/mari de longue date de la protagoniste entame une relation avec une femme dont la narratrice sent qu'elle est intellectuellement inférieure à son propre grand esprit. Son mari a les cheveux blancs. Au début de l'histoire, ils sont tous les deux plutôt renfermés. Sexuellement, il ne se passe plus grand-chose entre eux, mais leurs beaux esprits les excitent encore. Ils sont polis et affectueux l'un envers l'autre. "J'espère que ton travail avance bien", lui dit-il, mais le travail n'avance pas bien parce que les infidélités de son mari la font enrager. En fait, "L'âge de discrétion" est un soap-opera, un soap-opera existentiel, peut-être, sans grosses cylindrées ni bagarres de rues. Elle fait de son mieux pour rester un sujet souverain (elle est sa reine) tandis qu'il assouvit ses désirs et essaye de s'envoyer en l'air.

Beauvoir passe au crible ses sentiments concernant les errements de Sartre aux yeux de crapaud, et examine également l'idée selon laquelle l'amour est plus déstabilisant pour les femmes que pour les hommes. D'après elle, c'est parce que l'amour d'un homme pour une femme n'est pas ce qui lui donne sa valeur. Pour ma part, ça ne m'intéressait plus d'examiner ce genre de dynamique dans mes écrits. Je ne voyais pas quel plaisir pouvait en retirer une femme.

En regardant Sartre et Beauvoir cohabiter dans leur tombe sous les baisers, j'ai pensé à

Louisa May Alcott, autrice, féministe et abolitionniste. Dans son roman le plus célèbre, *Les Quatre Filles du docteur March*, la jeune écrivaine Jo March épouse un vieux professeur émigré allemand, mais, comme Beauvoir, Alcott ne s'est jamais mariée. "Pour beaucoup d'entre nous, la liberté est un bien meilleur époux que l'amour", a-t-elle écrit dans ses journaux intimes. Il me semble qu'un écrivain fantôme est toujours à l'œuvre dans un journal intime. Elle va chercher dans ses pensées les plus sincères, et comme une ombre elle se voit étirée sur la page, plus grande qu'elle n'est physiquement. Les journaux de Susan Sontag dévoilent aussi les réflexions en phase d'expérimentation d'une femme sur le point de passer le pied dans l'étrier et de monter sur son grand cheval. À vingt-quatre ans, elle a écrit : "Avec le mariage, j'ai souffert d'une perte partielle de personnalité – au début, cette perte était plaisante, facile ; à présent, c'est douloureux et ma disposition naturelle au mécontentement n'en est que plus attisée."

L'année où Louisa May Alcott a composé *Les Quatre Filles du docteur March*, elle vivait seule à Boston. "Je suis dans ma petite chambre, passant des journées heureuses et bien occupées parce que j'ai pour moi la tranquillité, la liberté, ainsi que suffisamment de travail et de force", a-t-elle écrit le jour du Nouvel An 1868. Quand *Les Quatre Filles du docteur March* a été publié, elle a négocié ses droits d'auteur et s'est accrochée à son copyright. Beauvoir, la grisante intellectuelle existentialiste, a lu *Les Quatre Filles du docteur March* dans son enfance. Comme nous toutes, il semble qu'elle aussi ait eu besoin d'être un peu encouragée.

J'ai gloussé en songeant que Beauvoir, avant d'étudier à la Sorbonne et de traîner avec Maurice Merleau-Ponty et Claude Lévi-Strauss, avait, elle aussi, passé du temps avec les quatre sœurs américaines Meg, Amy, Jo, Beth et leur Marmee pieuse, mièvre mais déterminée et qui, faut-il le rappeler, était la maîtresse de son foyer.

Beaucoup de femmes modernes pleines de ressources et d'imagination sont maîtresses de leur foyer. Souvent décrites comme "mères célibataires", elles éprouvent tout le poids du patriarcat hostile à ce qu'elles détiennent le pouvoir dans la famille. Dans son dernier râle pour écraser l'imagination et les capacités de ces femmes, il les accuse d'être responsables de son impuissance. Après tout, si elles peuvent créer une autre sorte de foyer, elles peuvent créer un autre ordre mondial.

Je les inviterais toutes à goûter mon entrée (Vodka & Cigarettes) au café Girls & Women, mais seulement si on autorisait mes assistantes à s'asseoir sur les genoux les unes des autres pendant leur pause pour se faire des tresses et comparer leurs nouveaux piercings. Ensemble, nous trouverions une entrée plus saine pour Marmee, mais on ne sait jamais ce qu'une femme désire vraiment parce qu'on lui dit toujours ce qu'elle veut.

À ce moment-là, je lisais aussi *Nuits sans sommeil* d'Elizabeth Hardwick. Une écrivaine stupéfiante, mais je m'inquiétais pour les femmes dont elle disait qu'elles erraient dans “leur épouvantable liberté, tels de vieux bœufs abandonnés dont personne ne s'occupe”.

Que se passait-il avant que la liberté épouvantable ne s'installe ? Et qui sont les vieux bœufs abandonnés ? Parlait-on des femmes célibataires ou séparées, endeuillées, divorcées ? Rien dans ma vie n'a pu me convaincre que la liberté était terrifiante. Comme dirait Sartre (lui dont la tombe étouffait sous les baisers), nous sommes aussi libres d'éprouver les conséquences de notre liberté. *Boum !* C'est vrai, personne ne subvenait à mes besoins, mais je ne me suis jamais attendue à ce que quiconque gagne mon pain à ma place. J'avais l'impression que la narratrice de *Nuits sans sommeil* avait besoin qu'un homme la félicite ou même valide son existence. C'était cette même dynamique qui intéressait Beauvoir à juste titre et m'ennuyait désormais. J'ai été soulagée de troquer ces bœufs contre les lapins de Georges

Perec. Je feuilletais *L'Infra-ordinaire*, admirative de cette façon qu'il avait d'exploiter sa dépression latente. Dans *Espèces d'espaces*, il se penche sur l'utilisation et l'habitation des espaces au quotidien. Dans *L'Infra-ordinaire*, ce qui m'intéresse en particulier, ce sont ses listes obsessionnelles.

> *Tentative d'inventaire des aliments liquides et solides que j'ai ingurgités au cours de l'année mille neuf cent soixante-quatorze.*
>
> ... cinq lapins, deux lapins en gibelotte, un lapin aux nouilles, un lapin à la crème, trois lapins à la moutarde, un lapin chasseur, un lapin à l'estragon, un lapin à la tourangelle, trois lapins aux pruneaux.

Il a aussi aimé :

> Soixante-quinze fromages, un fromage de brebis, deux fromages italiens, un fromage d'Auvergne, un Boursin, deux Brillat-Savarins, onze Brie, un Cabécou, quatre chèvres, deux crottins, huit Camembert, quinze Cantal...

"Ainsi, une certaine histoire de mes goûts [...] viendra s'inscrire dans ce projet. Plus précisément, ce sera, une fois encore, une manière de marquer mon espace, une approche un peu oblique de ma pratique quotidienne, une façon de parler de mon travail, de mon histoire, de mes préoccupations, un effort pour saisir quelque chose qui appartient à mon expérience, non pas au niveau de ses réflexions lointaines, mais au cœur de son émergence."

Puisque j'étais nouvelle à Paris, j'étais très curieuse de goûter certains des fromages dont il s'était régalé. Apparemment, Dalí s'était inspiré du camembert coulant pour peindre ses montres molles dans *La Persistance de la mémoire*. Qu'est-ce que c'était comme fromage, le Brillat-Savarin ? J'ai découvert qu'il tenait son nom de l'avocat et homme politique Jean Anthelme Brillat-Savarin (1755-1826), également fameux gastronome qui avait écrit *Physiologie du goût*, un livre savoureux.

> Un dessert sans fromage est une belle à qui il manque un œil.

Je me suis dit que c'était mon homme jusqu'à ce que j'apprenne qu'il avait fui la Révolution française en 1793, défendait la peine de mort et promouvait un régime alimentaire sans glucides. Le fromage doux et crémeux qui porte son nom en hommage est triple-crème. Sa croûte fleurie est d'apparence neigeuse et l'ensemble est une belle qui a ses deux yeux. Ainsi qu'une forte poitrine. Peut-être même qu'elle garde une catapulte dans la poche de son tablier.

La vie avait pris la plus belle des tournures. De l'imagination, des Brillat-Savarin, des idées, la Bibliothèque nationale, la piscine Joséphine-Baker, de l'argent en quantité suffisante, de beaux esprits, des stations radio de jazz incroyables, la lecture des livres d'Annie Ernaux sur les bords de Seine, tout ceci représentait un gros changement après des années à tenter de maintenir une cohésion familiale dans l'immeuble qui tombait en ruine sur la colline.

Mon nid vide de Montmartre n'était qu'une autre version de mes cabanons d'écriture, à la différence près que je pouvais y dormir et y cuisiner. La nuit, je travaillais à mon nouveau roman pendant que la sculptrice en bas jouait de sa scie électrique. Quand il m'est apparu clairement que le protagoniste de *The Man Who Saw Everything* allait vivre simultanément dans différentes époques, je me suis aperçue qu'il était trop compliqué techniquement de fondre le temps à l'intérieur d'une œuvre littéraire et qu'il me faudrait donc écrire dans tous les fuseaux horaires.

Travailler, c'est vivre sans mourir.

Rilke

J'étais en train de créer un personnage masculin qui tentait littéralement de trouver les moyens de vivre sans mourir. Il manquait de temps. Des fantômes, historiques et intimes, interféraient dans ce qui restait de sa vie. Lui-même serait réduit à l'état de fantôme trois secondes après la dernière phrase du livre. Moi aussi, j'avais des fantômes tapis dans les ombres de ma vie : l'enfance, l'Afrique, l'amour, la solitude, le vieillissement, ma mère et toutes mes propriétés rêvées dans mon portefeuille de propriétés.

Pendant ce temps, j'apprenais à traverser les trois voies du boulevard du Montparnasse et à éviter les trottinettes électriques qui faisaient alors fureur. Les gens roulaient très vite sur les trottoirs et lentement sur la chaussée. J'ai passé plus de temps à regarder les fruits de mer spectaculaires sur l'étal du poissonnier au coin de la rue Lepic et de la rue des Abbesses que les tableaux accrochés aux murs du Louvre. Un homme sympathique qui avait remarqué que j'observais les crevettes royales, coquilles Saint-Jacques, huîtres, moules, couteaux et oursins m'a dit en anglais : "Ils se déshabilleront pour vous ce soir." L'idée qu'un oursin se déshabille pour moi me plaisait. "Je tamiserai la lumière pour lui donner du courage", ai-je répondu. Le poisson était posé sur des montagnes de glace pilée (comme des émeraudes présentées sur des coussins en satin), scintillant, abondant, l'œil brillant. Le dieu cabillaud était un genre de morue, l'une de ses cousines s'appelait julienne, et il y avait les jumeaux maléfiques : le lieu noir (*pollock*) et le lieu jaune (*pollack*). Notre *rainbow trout* sera à jamais renommée "truite arc-en-ciel" dans mon esprit. Trois espèces de crustacés se sont déshabillées pour moi ce soir-là. Ou disons plutôt que je les ai déshabillées sans vergogne. Leur parfum iodé était érotique. C'était un *ménage à trois** parce qu'à cette occasion j'ai cuisiné ma première bouillabaisse pour mes collègues. Ils ont mangé ce ragoût de poisson assis par terre puisque je n'avais toujours pas de chaises. J'avais invité la sculptrice à la scie électrique à se joindre à nous.

Il s'est avéré qu'elle était allergique aux crustacés, mais elle a fabriqué des petits bonshommes en mie de pain qu'elle roulait entre ses paumes, puis pinçait et tordait. Une fois ces sculptures miniatures parfaitement formées, elle les mangeait.

Quand enfin je me suis décidée à acheter quatre chaises dans un magasin du quartier, j'ai recroisé l'homme qui avait prédit l'effeuillage des crustacés. Il achetait un poivrier. "Nous devrions saluer les chaises qui nous ont permis de nous revoir, a-t-il dit. Tout le monde sonne les cloches à l'entrée du château pour célébrer notre rendez-vous avec le destin." Il a gentiment proposé de porter deux des chaises jusque chez moi et nous nous sommes mis en route sur la rue pavée, les chaises sous les bras. Au bout d'un moment, il a absolument voulu qu'on s'arrête à un café pour boire un pastis. Je portais son poivrier.

J'ai découvert que mon rendez-vous avec le destin avait soixante-dix ans. Il arborait une écharpe rouge nouée autour du cou et utilisait un fume-cigarette. Quand le pastis est arrivé, il m'a parlé du gentil médecin à qui il avait avoué ne plus être intéressé par le sexe. Le médecin lui avait alors conseillé de trouver quelqu'un qui prenne soin de lui, mais il avait aussi insisté pour qu'il trouve d'abord une femme avec qui coucher afin de s'entraîner avant de s'installer avec "la perle". Il a donc suivi le conseil du médecin et c'est exactement ce qu'il a fait. Il y a eu trois répétitions avec une prostituée et puis il a trouvé la perle. Sa nouvelle compagne, qu'il appelait "sa *flamme**", avait trente ans de moins que lui.

Et où était-elle à présent ?

"Elle est à son cours de tango. Le tango argentin, c'est celui qu'elle préfère. Plus d'improvisation que dans d'autres formes de tango et il est dansé plus serré."

Il m'a expliqué que pendant que *sa flamme** pointait l'orteil en direction de la colonne vertébrale de son partenaire, il aimerait m'inviter à goûter un *baba au rhum**. Apparemment, c'est une sorte de génoise parfumée imbibée de rhum qui faisait son grand retour dans la cuisine française. Nous étions assis l'un en face de l'autre sur la terrasse, les chaises que j'avais achetées appuyées contre la porte d'un magasin. Il s'est penché vers moi jusqu'à ce que son nez touche presque le mien et a murmuré que le rhum flambé lui faisait le même effet que le Viagra. Oui, a-t-il dit, après un *baba au rhum**, tout retrouve de sa vigueur, son pénis, qu'il appelle "son jaguar", mais aussi la Liberté, l'Égalité et les oiseaux aux ailes brisées ; même l'amitié ayant tourné au vinaigre entre Sartre et Camus aurait pu retrouver des sommets d'harmonie si seulement ils avaient partagé un baba au rhum. Quand j'ai décliné l'offre, il a désigné mes chaussures vert sauge.

"Je les admire, a-t-il dit en agitant son fume-cigarette vers mes orteils. Vous avez l'air d'être le genre de femme qui pourrait être ma deuxième *flamme**." Nous avons remonté les chaises vers mon appartement sur la colline et j'ai insisté pour qu'on les laisse sur le trottoir devant le portail d'entrée.

Quand je lui ai rendu son poivrier, il l'a regardé tristement et a été pris d'un frisson comme si c'était un pénis sectionné.

Quelques semaines plus tard, quand je suis tombée par hasard sur l'homme et sa *flamme** danseuse de tango à l'entracte d'un concert, elle m'a dit que le jaguar de son compagnon était si dressé après la prise de ses potions levantes (Viagra ou *babas au rhum** ?) qu'il devait se le coller contre la porte du frigo pour calmer ses ardeurs.

Je n'ai plus jamais porté les chaussures de caractère vert sauge.

En revanche, je me suis aperçue qu'un jaguar pouvait être beaucoup de choses : une voiture, un animal, un phallus. Je l'ai noté dans un coin de ma tête en vue de *The Man Who Saw Everything* et me suis demandé si un jaguar pouvait aussi être une forme que revêt la peur. Et si je creusais l'idée que, chaque fois que le personnage appelé Luna était anxieuse ou se croyait suivie par la Stasi dans le Berlin-Est communiste, elle était persuadée que des jaguars rôdaient dans la ville ? Pourquoi ne pas essayer de saisir les moyens étranges auxquels recourt l'esprit humain pour aller quelque part ? J'aimais bien cette idée.

J'avais désormais quatre chaises autour de ma table, six assiettes empilées sur l'étagère, six couteaux et six fourchettes dans le tiroir de la cuisine, huit verres à vin et un saladier en bois dans le placard. En novembre mes filles m'ont rendu visite. Nous ne nous étions pas vues depuis trois mois. Dans le métro, nous étions tellement prises dans notre discussion que nous avons raté notre arrêt. C'était bon de retrouver mes filles devenues des adultes qui avaient des choses à faire dans le monde. Personne n'était de mauvaise humeur. Je leur ai laissé mon lit et j'ai dormi sur un matelas par terre dans le salon. Elles se sont proposées pour le matelas, mais savaient aussi que j'aimais préparer du café et écrire tôt le matin. Oui, nous apprenions à bien nous connaître les unes les autres.

J'avais acheté trois de ces tuniques à capuche originaires d'Afrique du Nord dans un magasin près du boulevard Barbès pour en faire des chemises de nuit. Deux roses, une bleue. La plus jeune a enfilé la bleue et s'est mise à chanter du Taylor Swift pendant que sa sœur la filmait avec son iPhone. Elles m'ont demandé ce que je voulais pour mes soixante ans. Je leur ai fait part de mon envie de préparer de la glace à la goyave comme celle que j'avais mangée à Mumbai et dit qu'une sorbetière était donc le genre de machine qui m'enthousiasmait. Quand je saurais comment l'utiliser, nous pourrions envisager d'ajouter la glace à la goyave au menu du café Girls & Women. Elles ont voulu savoir si j'avais la recette. J'ai sorti un bout de papier du carnet dans lequel j'avais pris des notes en Inde et je leur ai fait la lecture. "Voilà, nous pèlerons des goyaves pour les mixer ensuite et nous les mangerons en glace, saupoudrées de flocons de piment et de sel." Vêtues de leur djellaba, mes filles m'ont dévisagée et l'aînée a dit : "N'oublie pas que la glace au chocolat, c'est super bon aussi."

À Paris, les températures baissaient, l'hiver arrivait. Un vent glacial soufflait depuis la Seine. Quand mon meilleur ami est arrivé, mon nid vide l'a intrigué. Notre amitié remontait à loin et il savait que c'était la première fois que je vivais sans enfants depuis mes trente-quatre ans. Je lui ai dit que mon appartement londonien était plein de valises, la plupart entassées dans la minuscule chambre symbolique de ma fille aînée (qui ne vivait plus à la maison) et que ça me perturbait beaucoup de voir cette pièce se transformer en cagibi. Entre ça, la cadette qui était à l'université et ne faisait plus que passer, et moi qui vivais entre Paris et Londres, l'endroit ressemblait à un magasin d'articles de voyage. "Pas sûr que tu voudrais qu'il en soit autrement", a-t-il rétorqué. Je lui ai dit que je rêvais d'avoir une maison, que l'immeuble qui tombait en ruine sur la colline était un perchoir et qu'à présent j'avais envie d'un autre genre de maison.

"Si tu me permets, pourquoi chercher un endroit plus grand alors que tu vis déjà seule la majeure partie du temps dans l'appartement londonien ?" J'avais du mal à expliquer que l'appartement regorgeait de choses que j'avais amassées au fil des années pour la propriété rêvée dans mon portefeuille de propriétés. Les lampes, les tapis, les rideaux, les chaises, le caquelon à fondue déniché dans un marché aux puces à Paris, les draps, les miroirs. Il y avait au moins trois autres maisons à l'intérieur de ma maison londonienne. Quand je lui ai demandé des nouvelles de Nadia, il s'est contenté de répondre : "Oh, elle est plus nadiaesque que jamais." D'après lui, elle continuait de faire semblant d'être malheureuse alors qu'elle était heureuse. Cette fois, je lui ai demandé pourquoi il pensait ça. Il s'est lancé dans une réponse, mais parlait la main devant la bouche. J'ai dit que je n'avais rien compris, est-ce qu'il pouvait répéter ? Apparemment, elle faisait semblant d'être malheureuse parce qu'elle refusait d'admettre qu'il la rendait heureuse. Pourquoi ça ? Parce qu'il en aurait retiré trop de pouvoir. Nadia tenait à regagner du pouvoir en prétendant qu'il n'était pas l'unique raison de son bonheur. Nous y revenions, au thème développé par Beauvoir dans *La Femme rompue.* Cette fois, il faut bien avouer que j'étais intéressée, mais j'ai fait semblant de ne pas l'être parce que ça donnait trop de pouvoir à mon ami.

"Elle a dû mal à admettre qu'elle n'arrive à dormir que quand elle est dans mes bras", a-t-il dit en plongeant la main dans le bol de vieilles cacahuètes sur mon bureau. Il s'est à moitié étouffé et je lui ai donné trois grosses tapes dans le dos. Quand il a insisté pour prendre le matelas, je lui ai expliqué que je préférerais lui laisser mon lit. "Tu veux rire ou quoi ? Pas question que tu dormes par terre pendant que je suis dans ton gigantesque trône en soie."

Le lendemain matin, il a déclaré qu'il avait dormi tel un elfe sur une bûche.

Nous sommes allés au marché d'Aligre et je me suis arrêtée au stand qui vendait des masques africains. Le vendeur m'a suppliée d'en acheter au moins deux parce qu'il avait froid et voulait rentrer en Afrique. On a ri, mais je ne lui ai pas demandé d'où il venait en Afrique et je n'ai pas révélé que j'y étais née, moi aussi. Le sujet de nos origines ne se règle pas vraiment en deux secondes. C'est une longue conversation, une conversation sans fin, peut-être. J'ai souvent évité d'aborder la partie africaine de ma biographie dans les conversations parce que cinq minutes non plus ne suffisaient pas.

Mon groupe de recherche travaillait sur le double, alors quand j'ai vu un masque à deux têtes, et donc quatre yeux et deux paires de lèvres, je l'ai acheté. Le vendeur a expliqué qu'il était utilisé pour les danses : il donnait l'illusion aux spectateurs que le danseur ne les quittait pas des yeux. Ensuite il m'a montré un masque avec quatre yeux, deux paires de lèvres, un nez et un oiseau perché sur le crâne. C'était un masque zoomorphe incroyable et celui-ci aussi, je l'ai acheté. J'allais remplumer mon nid vide avec ces masques puissants. Je savais qu'ils incarnaient des psychologies et des rituels que je ne comprenais pas encore culturellement, mais nous nous observerions un long moment dans mon appartement parisien.

J'avais trouvé un autre cheminement pour mes réflexions sur le thème du double, le doppelgänger. J'avais l'impression qu'en ces temps de montée des nationalismes à travers toute l'Europe, à une époque où la différence faisait peur et était diabolisée, il pouvait être intéressant d'enquêter sur l'horreur de la similitude. Comment vivrait-on de rencontrer notre double humain en train d'acheter une brique de lait un samedi matin ? Mon meilleur ami était d'avis qu'il mettrait son jumeau K-O s'il venait à le croiser au marché d'Aligre.

Nous avons marché jusqu'au Baron Rouge, où nous avons mangé des huîtres arrosées de vin tiré directement au tonneau, un vin plutôt râpeux. L'écailler était équipé d'un outil spécial et travaillait non-stop pour nourrir la foule des week-ends. Après avoir descendu son troisième verre de vin et gobé sa neuvième huître, mon meilleur ami s'est écrié : *"Vive la France !*"* Gênée, j'ai fait comme si je n'étais pas avec lui, mais il a expliqué dans un français parfait que nous nous connaissions depuis nos quatorze ans. Après le repas, nous avons déambulé dans le marché et acheté des fruits, un fromage de chèvre cendré, tous les champignons de saison possibles et imaginables et une bouteille de Calvados.

Ensemble, nous n'avons fait que boire et manger.

Cette nuit-là, dans mon nid vide, nous avons préparé une omelette aux champignons, suivie d'une salade, de fromage et de fruits. Le Calvados était léger, doré et réchauffant. Nous étions heureux de nous retrouver. Son mariage avec Nadia semblait le déconcerter. "Je crois qu'elle me manque de respect." Je lui ai demandé pourquoi elle devrait le respecter, d'après lui. Il a réfléchi un moment, mais ne trouvait plus ses mots, apparemment. Ça m'a rappelé la mère d'une des amies de ma fille quand celle-ci avait six ans. Cette mère m'avait lancé que ma fille manquait de respect à son mari. Ce dernier était du genre à tout contrôler, il espionnait sa femme et prenait plaisir à harceler les membres de sa famille. De mon côté, j'aurais bien aimé savoir pourquoi elle le respectait et je crois qu'en fait elle aussi se posait la question. Mon meilleur ami a remué les doigts sous mon nez. Ils étaient couverts de la cendre du fromage acheté au marché. “Et toi, alors ? Tu t'es trouvé quelqu'un ? Ou tu préfères rester seule, comme d'habitude ?

— Ça va, inutile de me dire que le célibat ne me va pas. J'en suis là.”

Je lui ai parlé de la femme qui vivait au deuxième étage. Elle avait quatre-vingts ans et son partenaire ou compagnon vivait au-dessus de chez elle. De temps en temps, il passait la nuit avec elle et, le matin, je le voyais sortir acheter des croissants.

“Alors pourquoi tu ne ferais pas pareil ?

— OK, je vais essayer, ai-je répondu, surtout pour mettre un terme à la conversation.

— C'est normal d'avoir quelqu'un, a-t-il insisté. C'est ce que recherchent les gens normaux.”

Tous les deux, nous avons regardé la pleine lune par la fenêtre, qui brillait sur le sapin. Malgré le froid, nous avons décidé de descendre deux chaises au pied de l'arbre pour boire notre Calvados. Nous nous sommes assis sous les branches, baignés par le clair de lune et emmitouflés dans nos manteaux, écoutant l'agitation de petits animaux invisibles. C'était le genre de choses que nous aimions faire et je me suis dit qu'il était beaucoup plus intelligent que moi quand il s'agissait d'obtenir ce qu'il voulait de la vie.

Le lendemain, alors que nous faisions la queue rue des Rosiers pour acheter les meilleurs falafels du Marais, il a déclaré : “Je m’excuse pour ce que je t’ai dit hier soir à propos des gens normaux.” Il m’a attrapé la main et l’a embrassée comme un gigolo, mais il était en train de lire *Guerre et Paix*, alors peut-être qu’il imitait plutôt un aristocrate russe du XIXe siècle.

“Ta bêtise t’a permis de réussir”, ai-je répliqué.

Une connaissance commune nous faisait signe. Nous l’avons saluée à notre tour et Helena nous a rejoints dans la queue. “Salut, Helena, a-t-il dit en lui faisant la bise. Nous parlions justement de ce qui constitue une vie normale. Pas forcément besoin de réponse claire, ce qui nous plaît, c’est la sauce tahini.” Mon abruti de meilleur ami venait visiblement de se métamorphoser en Derrida. Il portait des lunettes de soleil sous la pluie et un parapluie sur lequel était écrit le nom d’un hôtel.

“Et c’est quoi, une vie normale ?” a demandé Helena un peu mélancoliquement. Elle portait une robe bleue moulante et courte avec des baskets.

“Je peux te le dire, moi, a-t-il déclaré en me pointant du doigt. Elle veut une vie marine. Elle veut vivre au soleil en maillot de bain, passer son temps pieds nus à cuire du bar au barbecue. Pas vrai ?”

J’ai vaguement acquiescé.

“Tu vois, Helena, je crois que ce qu’elle veut le plus, c’est acheter une propriété qui donne sur la mer et où elle vivrait en solitaire. Dans sa grande maison, il y a des chambres mais elles sont toutes vides. Les lits sont faits, mais il n’y a personne pour y dormir. Elle a une barque arrimée au ponton sur la rivière, un grenadier dans le jardin et des vélos dans la grange. Elle nage seule, fait du vélo seule, cuisine, écrit et dort seule. C’est comme ça qu’elle veut vivre...

— Ce n’est pas du tout la vie qu’elle veut, voyons, l’a interrompu Helena comme si je n’étais pas là.

— Si, si, a-t-il insisté en passant son bras autour de mes épaules. Quand elle aura quatre-vingt-dix ans, elle n’aimera rien tant que déambuler dans sa propriété et frapper les serpents avec sa canne.”

Helena a plissé ses yeux marron en forme d’amandes jusqu’à ce qu’ils ne dessinent plus qu’une fente. “Alors est-ce que je peux me permettre de vous demander pourquoi vous n’avez jamais été ensemble ?”

La file a avancé. À mon grand soulagement, j’ai vu qu’il n’y avait plus que cinq personnes devant nous. Je portais mes nouvelles chaussures de caractère noires, mais j’ignorais totalement comment être une protagoniste de soixante ans avec du caractère.

“En tout cas, c’est une bonne question, a dit mon meilleur ami. Elle passait la nuit à écrire ses livres, et de toute façon elle a toujours refusé de coucher avec moi.”

Helena m’a donné un petit coup de coude dans le bras. “Tu as perdu ta langue ?”

Un musicien de rue s’est mis à jouer une chanson roumaine folklorique pour les gens dans la file d’attente. C’était un air plutôt mélancolique et j’ai regretté de devoir arrêter de l’écouter pour me joindre à cette conversation.

“Tout ce qu’il dit est absolument vrai”, ai-je répliqué.

Quand ça a enfin été notre tour, nous avons acheté trois pitas agrémentées de salade et de sauce tahini que nous sommes allés manger sur un banc en face d’une église. La conversation s’est tournée vers Helena. “Moi, je n’aime pas du tout être seule. Vivre une vie sans intimité physique, c’est vivre à moitié.”

J’ai songé qu’elle avait raison, mais que si c’était vraiment le cas, l’idée serait de vivre une demi-vie dans d’excellentes conditions.

“J’ai besoin d’un amant pour me tenir chaud cet hiver, point barre ! a-t-elle crié aux pigeons.

— C’est la bonne attitude à avoir”, a déclaré mon meilleur ami, manifestement excité par l’information qu’Helena avait besoin d’un amant, point barre. Ses yeux bleus sont passés sur les seins bleus d’Helena, puis il m’a donné un coup dans le bras. “Contrairement à toi, toute seule au soleil à frapper des serpents avec un bâton tout en fumant la pipe."

Je lui ai dit que je préférais un chat aux serpents, mais que la pipe me plaisait bien.

Il a éclaté de rire et a cherché son téléphone qui sonnait. L'appel venait de Nadia.

Il avait une voix douce et aimante. Il l'a écoutée parler un moment, puis lui a dit deux fois qu'il l'aimait.

Je pense qu'il était sincère. J'avais vraiment envie qu'il le soit.

En me parlant de son mari dont elle était séparée depuis peu, une très proche amie berlinoise m'a dit : "Je ne lui fais pas confiance pour agir dans mon intérêt. Je ne crois pas que mon bien-être l'ait jamais intéressé. Je crois qu'il n'était pas capable de m'entourer d'affection." Toute cette incrédulité pour des choses importantes et tristes.

Quand mon meilleur ami a eu raccroché, Helena s'est tournée vers nous et a dit dans un murmure peu discret : "Je veux un homme pour janvier, février et la première semaine de mars, point barre."

Nous voulions savoir ce qu'elle avait de prévu pour la deuxième semaine de mars et début avril. Elle nous a dit qu'elle ne supporterait pas d'être adorée plus longtemps. Neuf semaines lui suffiraient amplement. Elle a demandé à mon meilleur ami si sa femme lui manquait quand il était séparé d'elle, comme maintenant, à Paris.

"Non. Nadia ne me manque jamais. Et je ne crois pas que je lui manque non plus. Nous sommes tellement dans la confrontation quand nous sommes tous les deux, qu'il me faut un bout de temps pour m'en remettre. Mais je l'adore quelle que soit la saison, de janvier à décembre." Helena voulait savoir ce qu'il entendait par "confrontation" ? Il a réfléchi pendant qu'il éteignait son téléphone. "Je ne me sens pas en sécurité ni à l'aise quand je suis avec elle. Nadia me fout une trouille pas possible, mais si je la perdais je serais inconsolable." Helena et lui ont décortiqué la question et j'ai pensé à mon amie berlinoise, dont l'anniversaire arrivait bientôt. Elle allait se réveiller seule pour la première fois depuis vingt ans. Alors que nous étions assis sur le banc, j'ai décidé de lui rendre visite à Berlin pour son anniversaire. Nous nous étions rencontrées à l'époque où nous luttions pour être artistes et mères, prises dans le tourbillon de la vie de famille avec mari et jeunes enfants. Nous avions parlé sans fard de cette lutte. Curieusement, devoir échanger en allemand et en anglais nous avait aidées à nous exprimer plus librement. Les problèmes de communication nous obligeaient à trouver les mots qui pouvaient être compris facilement par l'autre. Le désir de saisir ce qui se passait dans nos situations très différentes était fort, puissant. Ainsi que l'avait dit mon amie berlinoise en cherchant ses mots en anglais, elle et moi avions de "vraies relations humaines". Je savais qu'elle ne l'aurait pas formulé exactement comme ça dans sa langue, mais j'ai compris ce qu'elle entendait par là, même si ça paraissait un peu solennel.

J'ai beaucoup appris en l'écoutant attentivement chercher ses mots. Si elle et moi étions à la fois blessées, domestiquées et humanisées par notre mariage et nos enfants, il ne faisait aucun doute que nous passions à côté de la phase des relations humaines dans laquelle s'aventuraient à présent Helena et mon meilleur ami. Elle avait glissé une jambe entre les siennes et lui se goinfrait du falafel qu'elle n'avait pas touché. Pendant ce temps, je me demandais de quel aéroport partaient les vols pour Berlin. Orly ou Roissy ?

Ce soir-là, mon meilleur ami n'a pas regagné mon nid vide. Plus tard, il m'a raconté qu'il avait passé la nuit avec Helena, point barre. Il semblait bien parti pour perdre Nadia ; il voulait la perdre et être inconsolable, point barre. Pendant qu'il récupérait son sac ainsi que son parapluie et cherchait frénétiquement son passeport dans les poches de sa veste, il m'a dit que Nadia avait fréquenté un autre homme pendant un mois et six jours, mais qu'il l'aimait toujours, alors il imaginait qu'elle aussi devait encore l'aimer. Je l'ai accompagné jusqu'au portail, où le concierge fumait une cigarette. Quand mon ami a ouvert le parapluie avec le nom d'un hôtel écrit dessus et, l'air triste, s'est éloigné dans la rue pavée vers le métro, le concierge s'est tourné vers moi et m'a dit en anglais : "Mais il ne pleut pas."

Helena m'a appelée plus tard ce soir-là. Elle s'exprimait sur un ton charmant et joyeux, comme si elle cherchait à se séduire avec ses propres paroles.

"Évidemment que nous avons couché ensemble. Ça crépitait entre nous. Les crépitements valent mieux qu'une seule étincelle. Quant à sa femme..." Helena a attendu que passe une ambulance à la sirène hurlante. "Il m'a parlé de Nadia toute la nuit. Crois-moi, Nadia pleuvait sur nous dans la chambre."

Neuf

Je me suis rendue au nord du Louvre en quête d'un stylo-plume ancien pour l'anniversaire de mon amie berlinoise, et puis j'ai déambulé jusqu'au Bon Marché, où j'ai trouvé un flacon d'encre appelée caroube de Chypre.

Sur le chemin du retour, j'ai aussi acheté une boîte des meilleurs *marrons glacés** ainsi qu'un savon en forme de cigale. Cette nuit-là, pendant que la scie électrique ronronnait dans l'appartement du dessous et qu'un groupe de touristes chantaient "*We all live in a Yellow Submarine*" sur les marches du Sacré-Cœur, j'ai passé un long moment à fabriquer une carte pour mon amie dans mon nid vide. Il s'agissait du plan de métro dans lequel avaient été enveloppées les premières roses étranges que j'avais achetées pour mon nouvel appartement et sur lequel j'avais collé des pétales séchés. Au feutre noir, j'ai ajouté une nouvelle station qui portait son nom. Oui, elle n'avait ni pont, ni plaque, ni statue en son honneur, mais elle avait un arrêt de métro à elle toute seule. Par un heureux hasard, les pétales de rose me rappelaient le poème imagiste d'Ezra Pound, "Dans une station du métro".

J'ai recopié les vers de Pound au dos du plan et j'ai daté la carte au jour de son anniversaire. Il coïncidait avec une période terrible de sa vie, où son quotidien était hanté par les relations humaines brisées de son mariage, mais je savais que cela finirait par s'arranger. En attendant, j'ai emballé le stylo-plume, l'encre, les *marrons glacés** et le savon cigale séparément dans du papier de soie, j'ai ficelé les paquets avec des rubans d'un orange flamboyant, j'ai mis tous ces cadeaux dans un sac en plastique avec la carte-plan de métro, et j'ai préparé mon sac de voyage. Étant donné que je maîtrisais à peine le français qui avait constitué (traduit en anglais) toutes mes lectures de jeunesse, j'avais besoin de temps pour me repérer à Roissy-Charles-de-Gaulle. Pour l'instant, je savais seulement réciter quelque vers des poèmes de Paul Éluard que j'étais encore en train de traduire – *le cœur noir de mes yeux, l'ombre qui descend des fenêtres profondes* – mais où est la porte d'embarquement F26 ?

J'ai très mal dormi et, quand enfin je me suis assoupie, mon téléphone a sonné pour me prévenir que le taxi m'attendait en bas. J'avais si peu de temps pour rejoindre l'aéroport que je n'ai même pas pris la peine de remonter la fermeture Éclair de ma robe ou de nouer mes lacets. En sortant de l'appartement, j'ai attrapé la poubelle pour la jeter dans la grande benne à côté du portail. Il faisait froid et sombre quand j'ai traversé la cour en tirant ma valise d'une main, le sac de cadeaux pour mon amie et la poubelle dans l'autre. Le chauffeur de taxi était de bonne compagnie. Il m'a dit que son frère et son père défilaient avec les Gilets jaunes tous les samedis pour plus de justice sociale. D'après lui, Macron était le président des riches. Lui préférait Lady Gaga.

Dix

Berlin

Une fois passé les contrôles de sécurité de l'aéroport, je me suis rendu compte que j'avais jeté le sac de cadeaux en même temps que ma poubelle. Je suis donc arrivée à Berlin les mains vides, un dimanche, alors que l'anniversaire de mon amie était le lendemain. Elle vivait en face d'un mur datant du Moyen Âge. Deux grues de construction se dressaient au-dessus, dans le ciel de Berlin. Cette image où passé et présent coexistaient, c'était justement ce que j'essayais de capter durant mes longues heures d'écriture de *The Man Who Saw Everything*. Comme l'a dit Walter Benjamin : "Le travail de mémoire compresse le temps." Le passé était un tourment pour mon amie. Elle s'efforçait de rester joyeuse, mais était impuissante à le faire disparaître. Elle a désigné un arbre qui poussait près du vieux mur. C'était un refuge pour tous les oiseaux de Mitte. Vers dix-sept heures, le ciel grouillait de merles aux ailes poudreuses et en dents de scie qui venaient se poser sur une branche pour la nuit.

Je n'arrêtais pas de penser au stylo-plume ancien, à l'encre de caroubier, aux *marrons glacés**, au savon cigale et surtout à la carte-plan de métro. Sur le coup, je n'ai rien dit à mon amie.

Tôt le lundi matin, j'ai affronté le mois de décembre et sa tempête glaciale de neige fondue pour aller à la Galeria Kaufhof, un grand magasin sur Alexanderplatz. C'était tout près. Ça n'ouvrait pas avant une heure. La situation empirait à chaque minute. La neige tombait de plus en plus fort tandis que j'évitais les files de gens en épais manteau qui attendaient leur tram sous la grande tour de télévision inaugurée en 1968 pour exhiber la puissance communiste. Tout était gris, je ne sentais plus mes doigts, mon manteau était trempé. J'ai déniché un faux café espagnol sur Alexanderplatz. Les murs étaient carrelés de blanc et, bizarrement, un robinet de douche sortait du mur comme s'il y avait eu une salle de bains autrefois à cet endroit. J'ai repéré une chaise en paille sous un gros oranger synthétique et j'ai attendu ma noisette. À Paris, j'avais acheté sept grands flacons de savon liquide à la fleur d'oranger – Savon Liquide de Marseille Fleur d'Oranger (Corps et Mains) – pour un prix défiant toute concurrence dans une parapharmacie du boulevard Raspail. Son parfum était intense et délicat, une giclée d'été en plein hiver. J'ai levé la main et touché les oranges en plastique. Si je devais compresser le temps, ici, sur Alexanderplatz, les papillons que j'avais vus il y a trois ans, voletant dans les citronniers des collines surplombant Palma de Majorque, voleraient sous la neige et au milieu des grues et du béton d'Alexanderplatz pour venir se poser sur cet oranger en plastique fabriqué en Chine. Les souvenirs de mes vingt ans, quand je résidais dans ces collines au-dessus de Palma, me sont revenus en même temps que les papillons frissonnants. Ces premières années en Méditerranée ont complètement renouvelé mes goûts. Mon compagnon de l'époque achetait des petits pains, une conserve de thon, une tomate, un poivron vert, et nous mangions cet humble déjeuner sous les caroubiers près de la plage. Le désir que nous avions l'un pour l'autre était immense, infini ; le désir compresse aussi le temps. J'ai tourné le regard vers le vieux robinet de douche qui sortait des carreaux blancs. Et puis j'ai détourné le regard. La douche a provoqué une compression malheureuse du temps et m'a renvoyée à l'Allemagne nazie. Hélas, ce café espagnol ne dégageait aucune chaleur méditerranéenne. Malgré les bocaux d'anchois dans le frigo, j'associais la douche au gazage de ma famille à Auschwitz. Une expression m'est venue à l'esprit : *Il ne faut pas réveiller le chat qui dort.* Je l'avais notée dans mon journal intime. Cette phrase étrange signifie qu'il faut laisser les choses telles qu'elles sont, ne pas interférer et, donc, ne pas faire de vagues. Dans mon cas, les chats avaient les yeux grands ouverts.

Au bout d'un moment, j'ai remonté les trottoirs verglacés jusqu'à la Galeria Kaufhof, qui ouvrait ses portes. J'avais vraiment bien gâché cet anniversaire. J'ai acheté des fleurs, du saumon fumé, un pain de seigle qui pesait lourd, des citrons et une bouteille de champagne. Quand je suis ressortie dans le mauvais temps avec mes paquets, un chanteur des rues chantait "*I can see clearly now the rain has gone*". Je me suis dit qu'il avait de l'humour.

Mon amie berlinoise était manifestement réveillée à mon retour.

"J'ai cru que tu t'étais enfuie", a-t-elle dit. Nous avons ouvert le champagne tandis que les grues de construction commençaient à tourner dans le ciel plombé. Mon amie était très belle et triste, alors pour ajouter à sa tristesse je lui ai raconté l'histoire du stylo-plume ancien, de l'encre de caroubier, des *marrons glacés**, du savon cigale et de la carte. Nous avons ri en pensant à la manière dont ces cadeaux avaient fini à la poubelle. J'avais encore les cheveux mouillés à cause de la pluie glacée et ça m'a fait penser que je devais lui raconter la visite de mon meilleur ami à Paris. Nous avons discuté du parapluie avec le nom de l'hôtel écrit dessus et du concierge qui n'avait pas compris le climat interne de mon meilleur ami quand ce dernier avait ouvert son parapluie. "Mais il ne pleut pas”, avait-il dit, perplexe. “Nadia pleuvait sur nous dans la chambre”, avait finement remarqué Helena la séductrice. Mon amie berlinoise m’a demandé si j’aimais bien Helena.

“Je ne la *déteste* pas, en tout cas. Elle est enjouée, insouciante, narcissique. Elle écoute son désir et le désir n’est pas toujours aimable.”

Mon amie essayait de comprendre les mots que j’employais et comment je pouvais ne pas *détester* cette femme qui courait après un homme marié. Ça lui rappelait un peu trop sa propre situation.

“À lui de voir s’il accepte ou non son invitation, ai-je dit. C’est sa décision à lui. Il veut souffrir. Il refuse le bonheur, mais il me répète sans cesse que c’est Nadia qui n’en veut pas.”

Mon amie berlinoise était persuadée qu’Helena n’était pas un personnage sympathique, et un air aussi ahuri que celui des producteurs commençait à se lire sur son visage. Elle a décidé de changer de sujet. “Tu devrais appeler ton concierge. Lui demander de récupérer les paquets dans la benne.”

Je l’ai fait, mais il m’a affirmé que les éboueurs étaient déjà passés. “Si seulement vous m’en aviez parlé plus tôt !” s’est-il écrié dans le combiné. Apparemment, *les marrons glacés** étaient ses friandises préférées, et s’il avait su qu’il y en avait dans la benne, il aurait grimpé à l’intérieur comme un renard et les aurait dévorés au petit déjeuner.

Ce soir-là, un repas d'anniversaire était organisé pour mon amie dans un vieux hangar à Berlin-Est. Le chef s'appelait Rainer. Il était né dans le sud de l'Allemagne et son père, qui était charpentier, avait enseigné à son fils le métier qu'il tenait de son propre père. J'étais entourée des ustensiles de son nouveau métier puisqu'en plus d'être charpentier Rainer était devenu chef japonais – il y avait donc des woks suspendus à des crochets, des bocaux remplis de champignons étranges, de pâtes miso diverses et variées, de fèves de soja et de légumes secs, et des tonneaux de saké, le tout étiqueté et daté. Ce hangar avait été rénové par Rainer, qui en avait fait un atelier et un lieu de vie.

Il s'était créé un monde et c'était un joli monde. Un luxuriant jardin vertical poussait sur les murs en béton et cachait les entrelacs de tuyaux. Il avait construit une mezzanine qui lui servait de chambre. Posé à même le parquet, le futon était recouvert de tissus japonais à motifs géométriques. Au milieu du studio se dressait une longue table en bois robuste du genre monastique autour de laquelle étaient réunis beaucoup d'amis. Pendant que Rainer apportait des assiettes de maquereau grillé, des concombres en saumure, du miso, d'énormes tempuras de crevettes saupoudrés de panko, ainsi qu'une myriade d'autres plats mystérieux, j'ai discuté avec un artiste originaire de Dresde. Celui-ci avait fui l'Allemagne de l'Est communiste en 1985 et s'était installé à l'Ouest. Enfant, il était tombé dans le fleuve qui traverse Dresde. Il était si pollué qu'il avait fallu un mois à sa mère pour lui retirer tout le pétrole qu'il avait sur la peau et dans les cheveux. Il avait l'impression que ce pétrole le rendait malade, a-t-il dit. Il lui arrivait de faire des cauchemars où il avait encore le goût dans la bouche. En fait, il sentait l'odeur dans ses cheveux les jours où il était nerveux. Il m'a donné ce conseil : si vous faites un feu avec du petit bois humide, pour que ça prenne, versez un peu d'éthanol dessus et très vite ça crépitera. Apparemment, il avait beaucoup d'histoires qui tournaient autour des carburants. Peut-être que le carburant en était même le personnage principal, et pourquoi pas, après tout ?

Rainer avait les joues rouges à force de cuisiner et de siroter du saké. Quand il a fini par s'asseoir, il m'a dit que lui aussi rêvait d'une maison. Il voulait acheter une grange dans la campagne japonaise et la rapporter à Berlin. Il en avait repéré une dont il aimait la géométrie, mais ne voulait pas se risquer à reproduire son toit de chaume. Mieux valait démanteler la grange au Japon et la remonter planche par planche en Allemagne. Et oui, il passerait ainsi ses nuits au Japon et en Allemagne, les deux pays mélangés.

Cette modification du lieu m'a fait repenser à la maison de mon enfance à Johannesbourg. Nous vivions dans un bungalow bas de plafond qui donnait sur une rue bordée de jacarandas. Tous les matins, je me réveillais sous le soleil africain suspendu dans le ciel africain. À neuf ans, je ne savais pas que l'herbe blanche couleur d'os de notre jardin serait remplacée par de l'herbe anglaise verte et couverte de rosée. Les jacarandas de Johannesbourg et les jonquilles de Londres formaient un collage à l'intérieur de moi, les deux mélangés, ainsi que l'avait formulé Rainer. Quand je rendais visite à mon vieux père au Cap, j'ajoutais des éléments à ce collage : la brume sur la Table Mountain ; les grands dépôts d'algues sur les plages urbaines près de Sea Point ; la morsure glacée de l'Atlantique avec son vaisseau fantôme (un pétrolier) toujours posé sur l'horizon, éclairé la nuit comme dans un conte de fées ; les phoques qui cabriolaient dans les vagues ; les piscines d'eau de mer de Kalk Bay où les océans Atlantique et Indien se rejoignaient comme le Japon et l'Allemagne se rejoindraient dans la nouvelle grange de Rainer. Une partie des cendres de Gandhi avaient été dispersées dans l'océan Indien d'Afrique du Sud, si bien que lui aussi voguait sur les vagues entre l'Inde et l'Afrique. Ces piscines d'eau de mer étaient pleines de varech et de goémon, le soleil africain (Salut à toi, mon vieil ami) se levant et se couchant sur la montagne. Dans le temps compressé de la mémoire, je plongeais aussi dans l'eau saumâtre des étangs britanniques alimentés par les sources de la Fleet, sereine et froide, bordée de saules pleureurs oscillant doucement. Ces deux écologies et ces deux climats s'étaient mélangés en moi, pris dans un dialogue sans fin. Rainer parlait toujours de sa grange japonaise qui servait autrefois d'entrepôt pour des équipements agricoles. Quand il la remonterait en Allemagne, il garderait les vieilles portes, les piliers et les poutres. Il a pris un crayon et dessiné un croquis pour m'expliquer que le plafond serait à quatre mètres de hauteur.

Tout en l'écoutant parler de ses projets immobiliers, j'ai repensé à un étrange après-midi où j'avais traversé Le Cap en Uber avec mes filles. Le chauffeur était originaire de Posada, en Sardaigne, mais était arrivé en Afrique du Sud à l'adolescence avec ses parents alors que régnait encore l'apartheid. Mes filles étaient assises à l'arrière ; moi à l'avant. Nous avions emprunté des rues qui portaient désormais le nom d'hommes et de femmes héroïques qui avaient lutté pour mettre fin à l'apartheid.

Dans la rue Helen Joseph, je me suis surprise à dire au chauffeur que quand j'avais sept ans j'allais parler à Helen Joseph au portail de sa maison. Étant assignée à résidence, elle ne pouvait pas sortir de son jardin. Après l'école, je passais voir son chat qui s'appelait Dinah, comme celui d'*Alice au pays des merveilles.* Je ne savais pas si le chat inquiétant du Cheshire avait un nom. De temps en temps, j'achetais une pipe en réglisse chez le marchand de bonbons. Pendant que je mâchais la mienne, Helen faisait semblant de fumer la sienne. Des vermicelles rouges étaient collés à l'extrémité de la pipe pour donner l'illusion que du tabac s'y consumait. Helen était grande, avait les cheveux blancs et portait des lunettes. Son accent (elle était née à Midhurst, dans le West Sussex) sonnait très anglais à mes oreilles. Elle n'était pas très crédible en combattante pour la liberté, cette femme blanche aux cheveux blancs qui avait fait des études pour être assistante sociale, était devenue syndicaliste et avait lutté toute sa vie pour les droits humains. Chrétienne fervente, elle n'avait pas d'enfants, mais jouait la mère de substitution pour tous les petits, noirs et blancs, dont la famille était impliquée dans la bataille contre l'apartheid, parents emprisonnés ou forcés à l'exil. Helen Beatrice Joseph avait été consternée par ce qu'elle appelait la "double oppression" des femmes noires d'Afrique du Sud sous le régime d'apartheid. Avec Lilian Ngoyi, elles ont organisé une marche de vingt mille femmes jusqu'à Pretoria, le 9 août 1954, pour protester contre la loi sur les passeports intérieurs qui limiterait la liberté des femmes noires à se déplacer dans leur propre pays. Je ne le savais pas à l'époque, mais Helen a été la première femme à être assignée à résidence pour activisme ; je ne savais pas non plus que des suprémacistes blancs avaient attenté à sa vie. À plusieurs reprises, des explosifs avaient été glissés dans sa boîte aux lettres accrochée au portail depuis lequel je l'appelais en rentrant de l'école.

Le chauffeur Uber se concentrait sur la route chaotique. Je crois que, comme moi, il se sentait un peu débordé par mes souvenirs. Quand nous avons passé l'avenue Walter Sisulu, je lui ai dit, oui, ma mère et lui étaient bons amis. J'avais du mal à savoir quoi faire de ces tronçons de mon histoire pendant ce trajet à travers Le Cap. Au niveau du boulevard Nelson Mandela, mes filles ont donné des coups de pied dans mon siège.

Je savais que je devais avoir l'air dingue. J'étais peut-être l'équivalent de la touriste à Londres qui, passant devant la statue de Winston Churchill, marmonne au chauffeur de taxi : "Ah oui, mon grand-père et Winston jouaient aux billes ensemble quand ils étaient petits." Je ne pouvais pas réunir mon passé sud-africain et mon présent anglais comme Rainer pouvait démanteler sa grange au Japon et la remonter à Berlin.

Je n'avais pas démantelé ma maison de Johannesbourg pour la reconstruire en Grande-Bretagne. Je l'avais habitée étant enfant et elle m'habitait maintenant que j'étais adulte. Les jacarandas le long de la rue étaient moins fantomatiques. Petite, je me tenais sous leurs fleurs violettes en attendant que le vent souffle sur les cosses de graines séchées qui s'entrechoquaient comme des castagnettes. De fait, les souvenirs de cet après-midi en Uber au Cap s'étaient infiltrés dans le hangar de Berlin et avaient compressé le temps. Si j'avais été faite en Afrique, en Angleterre et en Europe, le chauffeur Uber avait été fait en Italie et en Afrique, alors que Rainer avait été fait en Allemagne et s'était enfui au Japon.

Rainer me tapotait l'épaule en temps réel avec son stylo. Il avait retiré ses grosses lunettes et me demandait si je voulais bien les lui tenir cinq minutes. Il s'est éloigné et est réapparu avec un plateau d'éclairs fourrés à la crème japonaise. Tout le monde chantait "Joyeux anniversaire" à mon amie et nous avons applaudi Rainer pour son festin japonais. Quand il est revenu à la table pour reprendre ses lunettes, j'ai demandé pourquoi il les avait enlevées. Il a dit qu'il voulait avoir l'air "super beau" pour recevoir les applaudissements.

Mon amie berlinoise m'a rappelé que j'aurais bientôt soixante ans et m'a demandé si j'avais des projets. Quand je lui ai avoué que je n'y avais pas encore réfléchi, elle m'a dit que son projet à elle serait de venir à Paris et de jeter tous mes cadeaux d'anniversaire dans la benne à ordures au pied de son appartement d'Alexanderplatz. Nous nous sommes embrassées et elle m'a remerciée de m'être déplacée jusqu'à Berlin et au Japon. Je ne lui ai pas dit que l'Afrique et l'Angleterre avaient, elles aussi, été de la partie.

Onze

Paris

J'avais eu du mal à parler allemand à Berlin et maintenant que je cherchais un taxi à Roissy, j'avais du mal à parler français. Le chauffeur faisait penser à un philosophe dans un film de série B. Il avait une folle crinière de cheveux blancs, une longue barbe blanche, et portait une veste en tweed élimée. J'étais tentée de lui poser quelques questions philosophiques basiques : notre univers existe-t-il vraiment ? Qu'est-ce que l'âme ? Le doute est-il le point de départ de la sagesse ? Alors que nous quittions l'autoroute pour entrer en ville, j'ai commencé à reconnaître les différents quartiers que nous traversions, mais en fait j'étais prise du mal du pays. La Grande-Bretagne me manquait. Quand mon téléphone a sonné, j'ai vu que Nadia m'appelait de Zurich. Elle voulait me demander un service. Lui serait-il possible de s'installer quelque temps dans mon appartement londonien ? Je lui ai dit que oui, bien sûr, il était disponible et que Gabriella, ma concierge éphémère, lui donnerait une clé. J'ai bien aimé que Nadia ne m'explique pas pourquoi elle voulait séjourner chez moi et qu'elle me le demande simplement.

Nous savions toutes les deux que la situation n'avait rien de simple. Mon téléphone a de nouveau sonné, c'était mon meilleur ami. “Il paraît que Nadia va séjourner dans ton appartement londonien ?”

Je lui ai demandé pourquoi il foutait sa vie en l'air. Il s'est mis à sangloter tandis que le taxi traversait l'un des trente-sept ponts de Paris. Ni lui ni moi n'avons raccroché, nous avons laissé l'appel se poursuivre pendant qu'il pleurait. Le taxi longeait à présent les innombrables sex-shops de Pigalle, non loin de l'endroit où André Breton avait vécu et où Joséphine Baker avait ouvert son premier cabaret. Quelque part à proximité du métro Blanche, Breton avait offensé la femme de Magritte (qui s'appelait Georgette) en exigeant qu'elle retire la croix qu'elle portait autour du cou. J'ai posé mon portable sur mes genoux et par la vitre j'ai regardé le Moulin Rouge sur le boulevard de Clichy. Le chauffeur philosophe à la barbe et aux cheveux blancs m'a demandé si je le croyais perdu. Aurait-il dû tourner à droite au lieu de continuer tout droit ? Sa question était bien plus intéressante que celles que j'avais imaginé lui poser. Au bout d'un moment, mon meilleur ami m'a demandé si j'étais toujours là. J'ai dit que oui. En ce sens, lui et moi étions attachés l'un à l'autre pour le meilleur et pour le pire, dans la richesse comme dans la pauvreté, dans la santé comme dans la maladie.

Quelqu'un avait garé un vieux vélo électrique orange contre le mur près de l'entrée de mon immeuble. Je l'ai observé un long moment. Où était la batterie ? Où étaient les vitesses ? Mes vélos électriques londoniens me manquaient, de même que mes amis et les étangs où nager. J'ai inséré la clé dans l'antique serrure et j'ai ouvert la porte de mon nid vide. La mort avait fauché mes plantes d'intérieur. J'aimais l'espace vide de mon appartement. C'était comme un cabanon, en plus grand, mais j'ai décidé que mon bureau n'était pas à la bonne place. Je n'avais même pas enlevé mon manteau que j'étais déjà en train de le rapprocher de la fenêtre. Cela impliquait d'ôter tout ce qui se trouvait dessus, livres, ordinateur, imprimante, stylos, mug avec un fond de café devenu gluant. J'ai tiré le bureau jusqu'à l'autre bout de la pièce, j'ai trouvé de nouvelles prises dans lesquelles j'ai enfoncé les adaptateurs, tout remis dessus, sauf le mug. Je suis allée à la salle de bains laver la poussière sur mes mains et j'ai regardé dans le miroir au-dessus du lavabo. Ce que j'ai vu dans mon regard était les yeux de ma mère. Ma mère qui me regardait droit dans les yeux. En fait, je voyais combien je lui ressemblais, dans l'expression, et pour la première fois de ma vie je ne l'ai pas mal pris. Cela ne me faisait pas peur. La perte de la beauté qui accompagne la jeunesse, par exemple. Pas grave. Ça me va. J'étais contente d'être connectée à elle. Je sentais ma mère à mes côtés dans mon appartement parisien, je la sentais vraiment. Elle faisait le tour du propriétaire.

Aux murs du nid vide :

Deux miroirs dorés en forme d'yeux.

Un masque de lapin et, sous son menton, un œuf brun (que j'avais vidé quatre mois plus tôt et avais collé au mur en l'honneur de la cheminée ovoïde de Santa Fe).

Deux masques de danse africains avec beaucoup d'yeux et de lèvres (reliés à mon projet sur le double).

Un bouquet de lavande provençale séchée (relié à mes rêves immobiliers).

La photo d'un tableau de Pierre Bonnard représentant un jardin explosant sous l'abondance jaune et mousseuse d'un mimosa et intitulé *L'Atelier au mimosa* (1939-1946) (les mimosas en fleur créaient l'atmosphère que je souhaitais dans ma vie).

Un poster de chiromancie au fond bleu crayeux représentant une main avec les lignes de la paume et la fonction de chaque doigt (l'extrémité du pouce est la Volonté, la longueur du pouce la Pensée).

Une lampe en fer forgé avec un abat-jour jaune.

Dans le salon/studio :
Un fauteuil en velours jaune.
Une table avec quatre chaises.
Un bureau pour écrire et une chaise.

Sur le manteau de la cheminée :
Une bouteille verte de Chartreuse, liqueur fabriquée par les pères chartreux depuis 1737. Elle contient les plantes suivantes : menthe, fenouil, thym, angélique, sauge, géranium parfumé, citronnelle, verveine, mélisse, badiane, clous de girofle, muscade, macis, cannelle et safran.

Sur le mur de la chambre :
Une photo noir et blanc prise par Edmund Engelman de la rue où Freud vivait avec sa famille et où il avait installé son cabinet : Berggasse 19, Vienne. Les pavés de la rue sont mouillés, il a plu, un homme (visible de dos) grimpe la colline, enveloppé d'un épais manteau, chapeau mou sur la tête, voûté à cause du mauvais temps. Il s'agit peut-être d'un patient en route pour consulter Herr Professor Freud. La photo dégage une énergie sombre. En 1938, année du cliché, la façade de l'appartement était recouverte d'une bannière sur laquelle on avait écrit

le mot *Juden*. J'avais emprunté cette même rue de Vienne pour me rendre au musée Sigmund-Freud. Parlant du jour où il a pris cette photo, Engelman a écrit :

> Je me souviens de m'être senti à la fois excité et apeuré en parcourant les rues vides en direction de Berggasse 19 par cette matinée humide de mai 1938. Je portais une petite valise avec tous mes appareils, trépied, objectifs et pellicules, et elle me paraissait plus lourde à chaque pas. J'étais convaincu que quiconque me verrait saurait instantanément que je me rendais au cabinet du Dr Sigmund Freud – pour une mission qui n'aurait pas vraiment plu aux nazis.

Ma mère était avec moi. Je la sentais qui étudiait la photo. Son regard se posait partout sur mon nid vide. “Je veux une maison, lui ai-je dit. Je ne veux pas un perchoir, je veux une *grande* maison.”

Marguerite Duras avait acheté sa grande maison de Neauphle-le-Château en 1958 après avoir vendu des scénarios pour une somme conséquente. C'est là qu'elle a écrit “comme une brute… dix heures par jour”. Le chapitre intitulé “Maison” dans son recueil d'essais, *La Vie matérielle*, à moins qu'il ne s'agisse d'un flux de pensée en forme de livre, ne m'a jamais quittée depuis que je l'ai lu pour la première fois.

Il y a des femmes qui n'y arrivent pas, des femmes maladroites avec leur maison, qui la surchargent, qui l'encombrent, qui n'opèrent sur son corps aucune ouverture vers le dehors, qui se trompent complètement et qui n'y peuvent rien, qui rendent la maison invivable ce qui fait que les enfants la fuient quand ils ont quinze ans comme nous l'avons fuie. *Nous fuyons parce que la seule aventure est celle qui a été prévue par la mère.*

Ma mère avait fini par fuir l'aventure prévue par sa propre mère. Cette aventure impliquait d'apprendre la sténo, d'avoir un talent de dactylo et de se marier à vingt ans.

"Bravo de t'être enfuie." Je ne lui ai jamais dit cette phrase de son vivant.

Il y a quelque temps, j'étais chez des amis dans le sud de la France, où j'avais fait la connaissance d'une Française d'environ soixante-dix ans qui avait grandi à Saïgon, au Vietnam. Je lui ai demandé si elle avait connu Marguerite Duras, qui elle aussi avait passé son enfance à Saïgon. Oui, a-t-elle répondu, ma mère était à l'école avec Marguerite. C'était comme si, d'un coup, Duras était entrée dans la cuisine où nous mangions un couscous et buvions un vin local. Je voulais qu'elle s'assoie à côté de moi et me conseille sur la façon de tenir ma maison et mon foyer, car j'étais fascinée par ce qu'elle appelait "l'ordre extérieur et intérieur" d'une maison.

L'ordre extérieur, c'est-à-dire l'aménagement *visible* de la maison, et l'ordre intérieur qui est celui des idées, des paliers sentimentaux, des éternités de sentiments vis-à-vis des enfants. Une maison comme ma mère les conservait, c'était pour nous, en effet. Je ne pense pas qu'elle l'aurait fait pour un homme ni pour un amant. C'est une activité qu'ignorent complètement les hommes. Ils peuvent bâtir des maisons mais pas les créer.

Ma mère avait fait de son mieux pour s'occuper de sa maison. Il se trouve que mon père était plus doué pour créer un foyer agréable que ma mère. Elle, tout ce qui l'intéressait, c'était ses livres. La couleur des rideaux comptait moins que de lire un roman qui la transportait ailleurs. C'était la dernière personne à qui parler de mes désirs de grande maison, mais je voyais que mon nid vide l'intéressait.

Je me suis sentie très déprimée durant les semaines qui ont précédé mes soixante ans. J'imagine que j'étais *triste**. Je n'arrivais pas à m'expliquer pourquoi j'étais abattue à ce point. Quand je n'étais pas en train de faire des recherches, d'écrire ou de gérer la question du logement universitaire pour ma fille, je courais les marchés aux puces et les antiquaires pour amasser les objets qui rempliraient ma propriété rêvée en bord de Méditerranée. Pour l'instant, j'avais déniché deux stores vénitiens, deux nappes en lin, une poêle à frire en cuivre, six petites tasses à café et un arrosoir fabriqué à partir d'une boîte de conserve et équipé d'un long bec verseur. Je collectionnais des objets pour une vie parallèle ou une vie pas encore vécue, une vie qui attendait de prendre forme. D'une certaine façon, ces articles ressemblaient aux premiers jets d'un roman.

Je réfléchissais à l'existence. Et à quoi elle se résumait. Est-ce que je m'en sortais bien ? Qui pouvait le dire ? Les bonnes années avaient-elles été assez nombreuses, l'amour avait-il été donné et reçu en quantités suffisantes ? Mes livres, ceux que j'avais écrits, étaient-ils assez bons ? Et tout ça, à quelle fin ? Avais-je suffisamment pris de nouvelles des autres ? Étais-je vraiment heureuse de vivre seule ? Pourquoi étais-je si obnubilée par toutes ces maisons foncièrement inaccessibles et pourquoi continuais-je de chercher un personnage féminin porté disparu ? Si je ne pouvais pas le trouver dans la vraie vie, pourquoi ne pas l'inventer par écrit ? Ce personnage est là, tient les rênes de son grand cheval avec perspicacité, s'assure de ne piétiner aucune autre fille ni aucune autre femme en quête d'un cheval. Les fait-elle monter avec elle sur le grand cheval ? À moins que ce ne soit elles qui l'embarquent et tiennent les rênes ? Cela paraissait-il crédible ? J'espérais que oui. La cinquantaine avait été une période de bouleversements et de turbulences, une période pleine d'énergie et d'excitation. Une période où j'ai appris à me respecter et qui, d'une certaine façon, m'a permis de revenir à la source. Enfin, te voilà ! Où étais-tu donc passée pendant tout ce temps ?

L'hiver était arrivé pour de bon à Paris. Tandis que je me dirigeais vers la sortie du métro, un vent froid a soufflé de la Seine et a défait les épingles de mon chignon. Il me faudrait trouver des épingles qui tiennent mieux. À moins que je ne laisse retomber mes boucles sur mes épaules quelque temps. Certains jours, quand j'écrivais dans mon appartement, je me rendais compte que j'avais un problème aux mains. Elles étaient si gelées que je ne sentais plus mes doigts alors même que le chauffage était au maximum. Impossible de me réchauffer et, pour couronner le tout, ma piscine de quartier était fermée pour rénovation.

L'une de mes collègues me savait d'humeur mélancolique. Elle m'a proposé de m'emmener dîner et a posé comme condition que je goûte quelque chose de complètement nouveau pour moi. Nous avons pris date et, deux jours plus tard, nous étions installées dans un bistro de la rue des Abbesses, où j'ai ouvert mon premier oursin. J'avais l'impression de manger les organes reproducteurs d'un alien. Cela m'a étrangement redonné vie et j'ai même commencé à apprécier la rudesse de l'hiver, sa gifle sur mes joues. Ma mélancolie s'est envolée. Je ne suis pas sûre que ce soit dû à l'oursin, mais c'est vrai que je me sens toujours plus vivante quand je suis dans la mer.

Quelque chose d'incroyable est arrivé. Un autre de mes collègues, Emeka Ogbu, était un plasticien et DJ originaire de Lagos. Il a pensé que ce serait une bonne idée si, pour mon anniversaire, j'invitais des amis à venir danser sur sa musique au Silencio, où il avait un set de prévu. Le Silencio, était un club semi-privé où jouaient des artistes et performers, un lieu où se rencontrer et échanger des idées. La décoration du club avait été conçue par David Lynch, l'un des réalisateurs qui m'inspiraient le plus dans mon approche de la fiction. J'ai accepté la proposition d'Emeka et j'ai dressé une liste d'invités.

Mes filles n'en revenaient pas que leur mère soit assez cool pour aller faire la fête au Silencio. Elles sont arrivées à Paris la veille de mon anniversaire avec leur cadeau, une sorbetière dernier cri. Je leur ai promis qu'avec moi elle tournerait pendant des années. Quand j'ai appris qu'Helena avait rejoint mon meilleur ami à Zurich, j'ai décidé de les rayer de ma liste et de proposer à Nadia de venir. Il avait néanmoins entendu parler de la sorbetière et a envoyé un ami me livrer des goyaves dans mon nid vide, via le concierge.

"Oui, ai-je dit à mes filles, je vais nous faire exactement la même glace que celle que j'ai goûtée en Inde." Chaque fois que je les regardais, leur beauté me stupéfiait. Quand je le leur ai dit, mon aînée a déclaré : "Moi je trouve ça plutôt moche, une goyave." À quoi j'ai répondu : "Pas les goyaves, vous !" Elles se sont accordées pour dire que toutes les mères trouvent leurs enfants magnifiques et m'ont donné des nouvelles du bananier.

Peut-être que je n'avais pas un pied dans la tombe, après tout. L'atmosphère du Silencio était parfaite pour mon soixantième anniversaire. Sa décoration était mystérieuse et glamour, un monde intime de lumière tamisée dissimulé sous le nôtre, qui faisait partie de l'histoire du cinéma. Il y avait même un espace fumeur et cette pièce où personne n'était fumasse avait été pensée pour ressembler à une forêt de miroirs. Pour la conversation, il y avait des recoins et des alcôves, et pour l'adrénaline, il y avait le dance-floor. La playlist d'Emeka nous a tous réunis et a mis une ambiance de folie. De temps en temps, je le regardais sur scène, casque sur les oreilles, comme nous bras en l'air. Il nous donnait de l'énergie, il avait conquis la salle.

À quatre heures du matin, nous sommes allées nous rafraîchir sur les berges de la Seine. J'avais très envie de retirer mes vêtements trempés et de plonger, mais Nadia m'a dit : "N'essaye même pas d'y mettre un doigt de pied, la Seine a d'autres choses à faire. Elle est en route vers Le Havre, où elle se jettera dans la Manche." Je n'étais pas sûre de comprendre ce qu'elle entendait par là, mais peut-être qu'elle parlait simplement d'elle. Nadia allait se laisser emporter loin de son mari. Oui, mon meilleur ami faisait de son mieux pour perdre sa troisième épouse, qui prévoyait de reprendre sa liberté au Havre ou je ne sais où.

C'était un peu vertigineux d'être un personnage féminin de soixante ans. Peut-être qu'un personnage est quelqu'un qui n'est pas tout à fait lui-même. Je pense que c'est ça qu'on sous-entend, quand on dit d'une personne qu'elle est "un drôle de personnage".

Alors que l'hiver battait en retraite pour laisser la place au printemps, mes amis en Angleterre et en Irlande ont commencé à beaucoup me manquer. Les arbres me manquaient, les plantes et les fleurs du parc de mon quartier et la dignité de parler une langue que je comprenais. En même temps, comme le Brexit faisait rage, je me demandais comment j'allais faire pour quitter la Grande-Bretagne et aller vivre ailleurs.

J'ai relu *Le Livre du rire et de l'oubli* de Milan Kundera et j'ai compris la magnitude de son exil de Prague à Paris, l'effort colossal qu'il avait dû fournir pour apprendre une autre langue et même *penser* dans cette langue quand il était seul dans sa baignoire. Kundera avait demandé la citoyenneté française. Il se décrivait comme un romancier franco-tchèque. Ça m'a fait un choc de prendre une nouvelle fois conscience que je faisais partie de la lignée des écrivains qui avaient effectué le long trajet de leur pays natal vers un autre.

En février et en mars, les fleuristes croulaient sous le mimosa radieux, panaché et parfumé. Ce parfum aigre-doux et délicat me faisait me pâmer. Le mimosa était une fleur subtile, secrète et séductrice, alors je l'ai ajoutée aux arbres du domaine de ma propriété rêvée. En fait, mon jardin rêvé ressemblait de plus en plus au tableau de Pierre Bonnard qui représentait son vrai jardin au Cannet, dans le sud de la France. Ce qui m'intriguait, parce que de nombreux désirs et envies de Pierre Bonnard étaient sans doute tapis dans son tableau rempli de mimosa abondant et sexuel. Alors que je me promenais en baskets (je m'étais débarrassée des chaussures de caractère) dans un Luxembourg printanier, je me suis demandé si je voulais la même chose que Pierre Bonnard. Les Parisiens étaient assis sur des chaises vertes positionnées autour des pelouses qui leur étaient interdites, tandis que des pigeons lustrés se pavanaient librement vers le rond de pelouse impeccable près de l'Orangerie. C'était peut-être à ça que pensait Gertrude Stein quand elle a écrit : "Les pigeons sur l'herbe, hélas."

Quand j'ai franchi le portail qui ouvrait sur la rue de Médicis, j'ai entendu une femme appeler mon nom. Je ne l'ai pas reconnue tout de suite.

Helena me faisait signe, mais je n'ai pas répondu parce que je n'étais pas sûre que ce soit elle. Elle accourait vers moi et je me suis rendu compte qu'elle s'était coupé les cheveux et que de brune elle était passée à blonde. Son nouveau look me rappelait une connaissance, une femme appartenant au passé, mais je ne savais plus qui. Nadia ayant de longs cheveux noirs, Helena voulait peut-être se distinguer de la femme de son nouvel amant.

J'étais gênée parce que je ne l'avais pas invitée à mon anniversaire. Nous avons chacune acheté un cône avec deux boules de sorbets – fruit de la passion et rhubarbe, framboise et mangue – et nous sommes restées là en silence avec nos glaces en train de fondre à regarder la circulation, les touristes et les cyclistes. J'ai fini par faire fondre le silence entre nous :

"Écoute, Helena, ai-je dit, tu n'as pas envie de devenir sa quatrième femme."

Elle avait les joues rouges et affichait un air un peu sournois. "Qu'est-ce que tu en sais ?"

C'est de bonne guerre, ai-je songé. Elle a souri et pour la première fois j'ai remarqué combien elle était jolie et combien sa nouvelle coupe la rendait encore plus malicieuse et sexy. J'aimais sa façon d'employer les mots.

"Tu sais, a-t-elle dit, il y a des fois où il faut sauter d'un avion sans parachute. C'est mon choix. Je veux être légère. Libre. Je ne veux pas porter de casque. Je suis ma propre cheffe." Elle a donné un petit coup de langue pointue et rose au sorbet, comme un serpent.

En 1968, Georges Perec a écrit tout un livre sans la lettre *e*. Il s'intitulait *A Void* en anglais, *La Disparition* en français.

Sans *e*, Helena serait Hlna.

"Je suis amoureuse."

Elle était amourus sans parachut.

Helena m'a demandé si je voulais aller au cinéma avec elle ce soir-là.

Elle était sans son amourux et se sentait seul. Je lui ai dit que j'allais à une lecture de Gloria Steinem et lui ai proposé de venir.

Helena a dit non parce que les féministes mangeaient trop et n'avaient aucune énergie pour le sexe.

Aimer Helena n'était pas évident, mais cela ne la rendait pas moins amusante ou intéressante à mes yeux.

La rencontre se tenait au Centre américain Mona Bismarck. Une longue file d'attente de femmes s'était formée dehors, la tour Eiffel à notre droite. De près, je remarquais la beauté de sa structure géométrique pour la première fois. Quand Steinem est montée sur scène, le public s'est levé et a applaudi spontanément. À quatre-vingt-six ans, elle portait toujours une large ceinture à grosse boucle autour de sa taille serpentine. Elle a accueilli les applaudissements, les a acceptés sans fausse modestie, mais sans arrogance non plus. Cela faisait longtemps qu'elle nous avait révélé la vérité sur les aspects déplaisants de la vérité :

> La vérité vous libérera, mais d'abord elle vous emmerdera.

Steinem nous a raconté qu'à l'époque les hommes lui demandaient si c'était parce qu'elle était belle qu'elle attirait autant l'attention des médias. Elle se souvenait qu'une femme dans le public avait répondu pour elle : "On a besoin de quelqu'un qui puisse jouer le jeu, remporter la partie et puis dire bien fort que ce jeu vaut que dalle."

État des lieux

Ma bourse de recherche touchait à son terme à l'instar du mariage de mon meilleur ami. Démanteler un nid vide dans le Montmartre verdoyant a déclenché des souvenirs d'autres maisons que j'avais démantelées. Ma lèvre supérieure tremblait, de même que ma lèvre inférieure, mais il fallait le faire.

Le concierge s'est occupé de l'état des lieux afin que je puisse récupérer ma caution. Il s'est assis, a agité son stylo-bille et a crié : "Une casserole, deux couteaux, deux fourchettes, deux cuillères, deux assiettes !" Je laissais trois casseroles, six couteaux et six fourchettes, dix assiettes, huit verres à vin, une bouilloire, quatre chaises, un fauteuil en velours jaune et deux miroirs dorés. Il le savait, mais il s'en moquait, il avait juste besoin de cocher les cases sur son état des lieux, et j'en avais besoin, moi aussi. Cette nuit-là, j'ai rêvé que j'achetais une grande maison à Paris, et un certain Gregorio y vivait également. J'ai mis le rêve par écrit pour Sylvia Whitman, la propriétaire de la librairie Shakespeare and Company, qui rassemblait des nouvelles sur la vie à Paris pour le magazine *Port*. J'ai intitulé l'histoire "Le 18e" parce que je vivais dans le dix-huitième arrondissement.

Douze

*Le 18e*

Mon ex-amant et moi avions acheté une grande maison à Paris. Une maison qui tombait en ruine. Elle comptait tant de pièces que je n'avais pas encore eu l'occasion de toutes les voir. Plus tard, j'ai découvert qu'elle possédait une piscine. Gregorio et sa femme étaient là. Un soir, alors que je portais une robe dos nu en soie, j'ai senti qu'il me regardait tout en préparant les oursins pour le festin à venir. Quand je lui ai demandé s'ils étaient frais, il a dit : "Cela dépend du moment du jour ou de la nuit auquel nous les mangerons." Gregorio était persuadé d'avoir acheté ces oursins rue des Abbesses. De fait, ma maison pouvait se situer à proximité. Nous entendions les cloches du Sacré-Cœur sonner.

Plus tôt, nous avions regardé les touristes se presser autour de la statue de Dalida près de la rue Girardon. Certains avaient tendu la main pour lui toucher les seins parce que le guide avait dit que cela portait chance. J'ai regardé Dalida dans ses yeux de bronze et elle m'a retourné mon regard. "On passe un bon moment, non ?" semblait-elle me dire tandis que je remontais la colline, vers ma vaste nouvelle propriété.

D'autres personnes étaient venues vivre avec nous dans la maison, une majorité d'hommes de lettres plutôt beaux. J'ai découvert plus tard que l'un d'eux était un poète tchèque. Le matin, il est sorti acheter des croissants en empruntant la rue des Trois-Frères. Mais à son retour, il nous a informés avec regret que la boulangerie était fermée le mardi. Nous n'avions rien à manger pour le petit déjeuner et pas de lait pour le café. Gregorio s'est porté volontaire pour aller jusqu'à la rôtisserie Dufrénoy prendre un poulet avec des pommes de terre. J'ai dit que je l'accompagnerais, mais sa femme a déclaré que personne ne mange de poulet rôti avec des patates au petit déjeuner.

C'était peut-être le printemps car les fleuristes de la rue Lepic regorgeaient de mimosas jaunes et poudreux. Un homme vendait des bouquets de narcisses près du métro Abbesses, trois pour cinq euros. Il avait dû les cueillir à la hâte, dans un parc, peut-être. Aucune tige n'avait la même longueur et certaines étaient si courtes qu'elles ne tenaient même pas dans un vase. Son frère vendait des marrons. Il les cuisait sur une plaque en fer-blanc posée sur un caddie. Quand les marrons ont été prêts, il les a mis dans un cône en papier fait avec un plan du métro, la ligne jaune du RER C direction Pontoise visible en haut à gauche.

Je suis allée chercher mon amie Kiama à la gare du Nord afin de lui montrer ma demeure. Nous avons fait un détour par la rue du Faubourg-Saint-Denis pour goûter le bhel puri vendu par un Indien sur un stand installé sur le trottoir, en face d'un magasin de téléphones portables. “Tout le monde a besoin d'appeler chez soi”, nous a-t-il dit en versant la sauce tamarin sur nos plats.

Kiama n'avait pas l'air d'approuver ma demeure. “Je n'arrive pas à croire que tu te sois installée dans cet endroit qui tombe en ruine juste pour être proche de Gregorio, a-t-elle déclaré, et pourquoi la porte d'entrée ne ferme-t-elle pas ?” J'ai regardé le rose adouci mais toujours éclatant des murs en plâtre. La salle de réception était sublime avec son sol en marbre et ses nombreux tapis persans élimés. En levant les yeux, j'ai vu une mansarde avec des livres sur les étagères et je me suis demandé comment j'avais pu ne pas la remarquer plus tôt.

Gregorio m'a dit qu'évidemment l'espace pourrait me servir de bureau, et il a cité un vers d'Apollinaire : "La pluie si tendre et si douce."

Quand j'ai fini par découvrir la piscine, j'ai appelé Kiama pour qu'elle vienne l'admirer. Ça ne l'a pas intéressée tant que ça et elle m'a demandé si les autres personnes qui vivaient sous mon toit payaient un loyer. Je lui ai dit que non. Nous sommes entrées dans la piscine. Kiama avait de l'eau jusqu'à la taille. Attendre qu'elle se mette à nager était crispant. Elle est restée au bord à regarder par la fenêtre le jardin qu'on pouvait plutôt qualifier de "domaine". À cette occasion, je me suis aperçue que les figuiers avaient besoin d'être arrosés. Les gens qui vivaient avec nous devraient payer un loyer sinon je ferais faillite, m'a dit Kiama.

Plus tard, je marchais avec mon ex-amant, suivie des gens qui vivaient dans la maison. Nous nous dirigions vers les escaliers près de la statue de Dalida et du métro Lamarck-Caulaincourt. Nous étions tous très proches et aimants. Je savais que c'était une meilleure façon de vivre, ne pas être seule, habiter une grande demeure avec mon ex-amant affectueux et d'autres personnes – en particulier Gregorio et la charge érotique qui l'accompagnait.

Sérieuse, Kiama (sous le regard de bronze de Dalida) m'a dit que je ferais mieux de protéger mon domaine des pilleurs. Apparemment, ce serait une bonne idée de mettre un portail avec un code. Tous les appartements et les maisons de Paris ont des portails et des portes impossibles à ouvrir sans code.

Les mots de Kiama ont brisé mon rêve. J'étais dévastée de découvrir que je ne possédais plus de demeure. Cette perte était une blessure à vif. J'étais allongée dans mon lit et j'essayais de retourner dans ma maison, mais quoi que je fasse je n'avais pas le code pour ouvrir le portail de mon domaine qui avait tant besoin d'être arrosé.

Au bout d'un moment, je me suis rendu compte que tous ces hommes de lettres qui ne payaient pas de loyer étaient mon ex-amant. Heureusement que Gregorio avait été là pour me protéger. J'avais bien remarqué que la maison tombait en ruine, que les figuiers étaient en train de mourir, que la porte d'entrée ne fermait pas, que les tapis persans se désintégraient, mais j'étais tellement heureuse, c'en était même presque insupportable, que cette demeure ait été si majestueuse. J'étais une rêveuse avec un domaine et même une piscine. J'aurais surtout aimé avoir ce bureau tapissé de livres.

Je savais que quelque chose allait plus ou moins changer dans ma vie après avoir rêvé de cette demeure. La brise soufflant depuis la Seine faisait des choses bizarres à mes cheveux. Elle les rendait plus doux, plus fous, difficiles à attacher en chignon. Pour la première fois depuis longtemps, j'ai laissé mes boucles retomber sur mes épaules. Il y avait tant de choses plaisantes à Paris, mais je continuais de vouloir retrouver la demeure de mon rêve. J'avais hâte de revenir à la piscine, de planter des herbes aromatiques et des fleurs dans le domaine, de revoir les pièces invisibles et de m'allonger sur les tapis persans élimés pour écouter les cloches du Sacré-Cœur. J'avais l'impression que la salle de réception était une vie à portée de main, entre le présent et l'avenir. Oui, ces pièces invisibles représentaient une perspective excitante. J'ai traversé deux semaines de deuil quand Kiama a brisé mon rêve.

J'ai fini par m'apercevoir que l'aphrodisiaque, c'était Paris et non Gregorio. J'étais heureuse, seule, dans le Paris d'Apollinaire et des Gilets jaunes. Je gardais des pièces dans mes poches pour les joueurs d'accordéon du métro et j'avais trouvé ma boulangerie de quartier. Elle n'était pas rue des Trois-Frères. Dans le square à côté de mon appartement de location, j'ai aperçu les hibiscus et les jonquilles qui sortaient du sol français. Ils me rappelaient la maison. Quand il y a eu un problème avec la douche, je suis allée au hammam. La responsable m'a donné du savon noir à base d'olives et d'huile d'olive. Je m'en frottais tout le corps et restais assise dans la vapeur, en pensant non sans mélancolie à la perte de ma demeure. Après quoi la femme m'a massé les pieds avec de l'huile d'argan. Quand je suis rentrée chez moi, j'ai remarqué qu'effectivement il y avait un code d'accès à mon tout petit appartement. La dernière lettre était *V*, pour *Valider*.

J'en voulais toujours beaucoup à Kiama quand nous nous sommes retrouvées au bistrot de la rue des Abbesses, le jour de la violente tempête de grêle. Nous avons partagé des *œufs cocotte au cantal** et avons siroté du café alors que des balles de glace rebondissaient sur les trottoirs. “Tu as démoli ma maison, lui ai-je reproché, tu as passé ma propriété au bulldozer”, mais elle n'écoutait pas. Nous étions dimanche et elle était contente d'être avec moi à Montmartre, à pousser des *oh !* et des *ah !* devant nos œufs.

Treize

Londres

La première chose que j'ai faite le soir de mon retour à Londres a été de m'incruster à une rencontre littéraire. Je me suis dit que si quelqu'un cochait le nom des invités à l'entrée je lui dirais que j'étais Elena Ferrante. Ou bien je dirais que j'étais Lila, qui s'était évanouie dans la nuit, et que j'étais de passage à Bloomsbury pour boire quelques cocktails et grignoter des chips. Le hasard a fait que je connaissais bien la libraire qui était à l'entrée. Elle n'a même pas jeté un coup d'œil à la liste des invités.

"Vous êtes rentrée de Paris pour de bon ?"

Je n'ai pas su comment répondre à cette question.

"Je l'espère, en tout cas. Au fait, évitez le vin, prenez plutôt les cocktails au gin."

Un écrivain assez prisé – même si, personnellement, je ne lui attribuerais aucun prix – avait un peu forcé sur lesdits cocktails. Cela avait libéré son envie de se trouver une autrice à rabaisser. Il s'est dit que je ferais l'affaire et il est allé droit au but sans même les civilités d'usage. "Est-ce que ça vous arrive de vous regarder dans la glace et de vous dire que tout ce succès est arrivé un peu tard, que toute cette visibilité est un peu vulgaire, d'un ennui mortel et fatigante au possible ?" Il s'est penché en arrière et a attendu que je confirme. Il était écarlate et transpirait. Ça n'était pas une façon de saluer Elena Ferrante alors qu'elle venait tout juste d'arriver à la fête. Elle avait des soucis de visibilité et ne voulait pas se les voir jeter à la figure avant même qu'elle ait eu le temps de s'envoyer un cocktail au gin.

Ce n'était pas non plus une façon de saluer la pauvre Lila disparue.

Quelle était la question ?

"Est-ce que ça vous arrive de vous regarder dans la glace et de vous dire que tout ce succès est arrivé un peu tard, que toute cette visibilité est un peu vulgaire, d'un ennui mortel et fatigante au possible ?"

C'est vrai, mes livres ont connu le succès alors que j'avais cinquante ans, mais pour lui, quel que soit l'âge, je n'aurais jamais dû avoir de succès. Lui-même étant diplômé de Cambridge, cela m'a fait penser aux étudiants de cette même université qui avaient défilé dans les rues en 1897 pour protester contre le droit des femmes à obtenir un diplôme de l'enseignement supérieur. Ces jeunes hommes qui suivaient des études très coûteuses ont fait leur maximum pour empêcher les femmes de les devancer. Ils ont lancé des œufs, des pétards, et même mutilé l'effigie d'une étudiante à vélo.

"Est-ce que ça vous arrive de vous dire qu'obtenir un diplôme universitaire est d'un ennui mortel, un peu vulgaire et fatigant au possible ?"

Oui, il avait fallu du temps pour obtenir un peu de reconnaissance. J'ai commencé à écrire à vingt-quatre ans sur une machine à écrire avec des feuilles de papier carbone entre les pages. À la fin de l'adolescence, j'avais lu les revues littéraires poussiéreuses que ma mère empilait sur ses étagères et qui remontaient aux années 1960 et 1970. Les interviews de brillants écrivains m'intéressaient et je remarquais à peine qu'il n'y avait pas un seul entretien avec une femme. Mais j'avais entraperçu à un jeune âge la forme que j'allais donner à ma vie. Je savais que j'étais écrivaine. Qui est-*elle*, alors, cette jeune fille/femme autrice ? Ne pas avoir été heurtée par l'absence de femmes dans ces revues de haut vol montrait à quel point j'étais coupée de ce que j'aurais dû ressentir face à l'absence de cette *femme*. C'était simplement normal. C'était normal de disparaître. Normal d'être découragée.

Qui est-*elle* ? C'est la question que je commençais à poser dans tous mes livres. Non pas qui je suis, même si cela entre en compte. Comment se débrouille-t-*elle* dans un monde qui l'a évacuée ? Pour une raison que j'ignore, ma détermination à écrire n'a jamais faibli. En ce sens, je me suis prise au sérieux. Parfois, l'expression "se prendre au sérieux" est péjorative, comme si cela indiquait que nos aspirations dépassaient nos capacités, comme si on devait se détendre et se moquer de ses espérances. Je suis fascinée de voir qu'il y aura toujours un homme et ses comparses féminines pour souhaiter détruire une femme qui se prend au sérieux. Les femmes qui veulent que d'autres femmes se moquent de ses talents et de ses ambitions ont en réalité beaucoup lutté pour obtenir l'approbation masculine. Elles ont peur de perdre le respect de leurs collègues masculins qui ont besoin d'elles pour supprimer d'autres femmes à leur place. Si des femmes sont douées dans cette mission, elles ont toujours l'air très malheureuses.

C'est un sale boulot, après tout.

J'étais donc de retour en Angleterre. L'écrivain rougeaud me bloquait le passage. Apparemment, il n'en avait pas encore fini avec moi. Le livre qui semblait avoir beaucoup trop empiété sur ses terres était *Le Coût de la vie.* Il m'a posé ce qu'il croyait être une question sur ce livre, mais c'était plutôt un reproche.

Peu de temps auparavant, j'avais lu un extrait de ce texte à un festival littéraire organisé à Fribourg, une ville située à la lisière sud de la Forêt-Noire. Les lieux étaient hantés par leur fils le plus célèbre, le philosophe Martin Heidegger, qui avait été recteur de l'université et membre du parti nazi. Son étudiante et amante était la grande théoricienne politique Hannah Arendt. À dix-neuf ans, elle avait eu une liaison avec Heidegger, qui était alors son tuteur. Il avait trente-six ans et considérait cette romance avec sa brillante étudiante juive comme les années "les plus excitantes, concentrées et fertiles" de sa vie.

Les gens du public, qui vivaient pour la plupart près de cette Forêt-Noire hantée, avaient des questions à me poser. Ils voulaient savoir comment j'avais construit la voix de la narratrice, qui est moi sans l'être tout à fait. Je leur ai avoué que oui, la narratrice doit accomplir quelque chose qui n'est pas évident dans la vie, alors dans un livre, n'en parlons pas. Elle ne doit pas se grandir ni se déprécier. J'entends par là qu'elle ne doit pas se rabaisser ni trop supplier les lecteurs de l'aimer, et elle ne doit pas non plus se faire plus forte sur la page qu'elle n'est dans la vie. Ce n'est pas évident de revendiquer d'être fragile et forte en quantités égales, mais nous sommes toutes constituées de ce mélange. J'ai expliqué que c'est une citation de l'artiste Egon Schiele qui m'a donné un indice sur la façon de procéder.

> Vienne est pleine d'ombres. La ville est noire et tout y est fait par automatisme. Je veux être seul. Je veux aller dans la forêt de Bohême. Il me faut voir des choses nouvelles et les sonder. Je veux goûter l'eau sombre et voir le crépitement des arbres, les vents violents.

Une autre femme voulait savoir si, je la cite, "le livre était très proche de [ma] vie". J'ai répondu que le poids de l'existence pèse davantage dans la réalité que dans mes livres. Comment pourrait-il en être autrement ? J'aurais raté ma vie, sinon. Je ne veux pas la traiter à la légère, mais plutôt l'éclairer, en faire ressortir les ombres, aussi, et surtout jeter un éclairage plus vif – parfois beaucoup plus vif – sur le coût de la vie.

Pendant que l'écrivain agitait ses mains douces et blanches sous mon nez, j'ai pensé :

Oui, Gloria Steinem a raison. La vérité nous libérera et elle nous emmerdera. Encore et encore. La vérité, c'était qu'il envisageait toute écrivaine comme une locataire sur ses terres. Et j'ai pensé à ces jeunes femmes intelligentes qui s'étaient assises à la table de ma cuisine dans l'immeuble qui tombait en ruine sur la colline. J'espérais qu'arrivées à soixante ans elles ne seraient pas obligées de supporter les joyeuses moqueries sur leur savoir-faire et leurs talents.

Si la classe et l'éducation de cet homme lui avaient appris à croire qu'il avait la science infuse, elles ne lui avaient pas appris à lire les livres écrits par des femmes ou des personnes de couleur. Il était donc passé à côté d'idées capitales pour le monde et d'innovations formelles parmi les plus excitantes. Pourtant, ces lacunes déplorables ne l'avaient pas empêché de réussir. À mes yeux, un seul paragraphe de l'écrivain afro-américain William E. B. Du Bois valait plus que tous les livres réunis de l'auteur rougeaud.

> C'est une sensation bizarre, cette conscience dédoublée, ce sentiment de constamment se regarder par les yeux d'un autre, de mesurer son âme à l'aune d'un monde qui vous considère comme un spectacle, avec un amusement teinté de pitié méprisante. Chacun sent constamment sa nature double – un Américain, un Noir ; deux âmes, deux pensées, deux luttes

> irréconciliables ; deux idéaux en guerre dans un seul corps noir, que seule sa force inébranlable prévient de la déchirure.
>
> W. E. B. Du Bois,
> *Les Âmes du peuple noir* (1903)

Oui, au présent de l'indicatif de cette fête, c'était une sensation bizarre de me voir à travers les yeux de celui qui me bloquait le passage.

> Et bien sûr, j'ai peur, car transformer le silence en paroles et en actions est un acte de révélation de soi, et cet acte semble toujours plein de dangers.
>
> Audre Lorde,
> *Sister Outsider* (1984)

Je l'ai écarté et je suis sortie rejoindre la foule qui buvait du mauvais vin. Plus tard, je me suis souvenue qu'il était l'auteur invité et que je m'étais incrustée à la fête.

Quatorze

Grèce

> De tous les peuples, ce sont les Grecs qui ont rêvé le plus beau rêve de la vie.
>
> Goethe

Il y avait soixante-trois marches en pierre à gravir pour atteindre ma maison de location. La porte de cette maison était encadrée par une arche en pierre couverte d'un jasmin en piteux état dans la chaleur du mois d'août. C'était une grande et vieille maison excentrique, construite au-dessus de la mer, une villa de baron grec du XVIIIe siècle qui avait dû être assez majestueuse à l'époque. À présent, elle ne tenait plus que grâce à la pierre, au bois, à la bouse d'âne, à la pisse et à la salive.

Elle possédait deux étages et ressemblait au décor d'une pièce de Tchekhov. Tout en haut se trouvait un vaste grenier avec du parquet, de hauts plafonds, une cheminée en pierre et un vieux piano ayant pris l'eau qu'on avait poussé dans un coin. Sur son couvercle, il y avait un télescope en laiton, une pendule avec de belles aiguilles figées sur quatre heures et un antique jeu d'échecs dont toutes les pièces étaient joliment disposées sur les cases du plateau.

Ce grenier me faisait penser à une grange ; peut-être même qu'il ressemblait à la grange japonaise de Rainer, alors j'ai pris une photo et la lui ai envoyée. À chaque extrémité, des portes s'ouvraient sur deux grandes terrasses en pierre, l'une tournée vers la mer, l'autre vers les montagnes. En bas, la cuisine spacieuse était fraîche et sombre avec de nombreux paniers suspendus au plafond en bois. On m'avait conseillé de mettre le pain (et le gâteau au miel d'oranger typique du coin) dans ces paniers pour les protéger des fourmis.

Deux très vieilles râpes en cuivre étaient accrochées au mur sur un clou. On aurait dit des armes. Peut-être que la déesse Athéna en brandissait une dans chaque main à la naissance. D'après le mythe, Athéna a jailli de la tête de Zeus, son père, qui avait par ailleurs dévoré sa mère. Ou mangé, disons. Dans cette même cuisine, peut-être. Leur fille Athéna a donc jailli de sa tête, une enfant en armure, sur la défensive et prête à faire la guerre. C'était le scénario patriarcal écrit pour Athéna. Voilà une triste façon de naître ; en armure, prête à faire la guerre. Les murs du salon étaient en pierre comme ceux des trois chambres à coucher avec leurs hauts plafonds en bois, fraîches et spacieuses, des kilims élimés répartis sur le sol carrelé. La terrasse basse profitait de l'ombre d'un grand pin et, dessous, une table ainsi qu'un banc avaient été creusés dans la pierre. Douze marches menaient à un jardin négligé. Des raisins poussaient malgré tout sur les pieds de vigne en train de mourir du manque d'arrosage. Deux oliviers et tout un tas de plantes combatives que je ne reconnaissais pas étaient en meilleure forme.

Une petite ferme s'étendait derrière la maison. Les coqs me réveillaient tous les matins avant les cigales qui chantaient de sept heures et demie à vingt et une heures avec une seule heure de pause. Apparemment, ce sont les mâles qui chantent. Ils appellent les femelles qui, elles, sont muettes. De sorte que cette mélopée sans fin est celle du désir et les insectes étaient si excités qu'ils noyaient le chant des oiseaux. S'il y avait des oiseaux sur un fil électrique en train de chanter quelque part sur l'île d'Hydra, ainsi que nous le dit Leonard Cohen, il était impossible de les entendre au mois d'août. Trois chiens aux yeux bleus avec une fourrure de loup gris vivaient sur le balcon de la maison voisine. Ils hurlaient chaque fois que quelqu'un montait les soixante-trois marches toujours couvertes de bouses d'âne, mais aussi d'olives tombées des arbres plantés de l'autre côté des murs de pierre. La nuit, j'entendais le bruit des taxis maritimes qui faisaient la navette.

La troisième semaine de mon été à vivre et écrire dans cette maison, j'ai remarqué un trou dans le mur à l'extérieur de la salle de bains. J'y ai enfoncé mon doigt et du sable s'est écoulé du plâtre fissuré. Du sable très fin. Il a continué de s'écouler jusqu'à ce qu'une petite plage se forme à mes pieds. Son écoulement évoquait celui d'un sablier, si ce n'est qu'il ne mesurait pas le temps. Au bout d'un moment, je me suis demandé si toute la maison allait se déliter lentement et m'ensevelir sous la terre qui la constituait.

J'ai fini par tourner le dos à l'écoulement interminable du sable et suis allée nager, cueillant deux figues pour le petit déjeuner sur les arbres du sentier côtier. L'impermanence de la structure de cette maison ne m'a pas quittée de toute ma séance de natation. Comme dans “Le livre de sable”, la nouvelle de Borges, je me suis demandé si j'avais affaire à une maison sans début ni fin. Mon ordinateur et mon passeport seraient-ils ensevelis quand je rentrerais ? Pas impossible, ai-je songé.

Je n'ai pas vraiment *mis la tête dans le sable*, pour reprendre cette expression qui signifie éviter une situation ou faire semblant qu'elle n'existe pas, mais j'ai plongé dans l'eau. Pendant que je nageais, j'ai pensé aux autruches qui mettent soi-disant la tête dans le sable alors qu'en fait elles enterrent leurs œufs et les retournent à l'aide de leur bec. Autrefois, la cheminée ovoïde de mes rêves avait été une forme de vie, une structure qui abritait la vie et était enterrée dans le sable ou un matériau similaire. Et qu'en était-il des crabes fantômes qui creusent des trous dans le sable en guise de maison ? À chaque marée, ils doivent la reconstruire. La Terre est notre maison temporaire et nous sommes tous locataires. En regardant le banc d'espadons miniatures et magiques qui nageaient sous mes pieds, j'ai compris que ce sable qui s'écoulait du mur me faisait peur. Marx disait-il vrai lorsqu'il affirmait que tout ce qui est solide se dissout dans l'air ? Les bébés espadons tout en muscles battaient leur queue et filaient dans l'eau à bonne vitesse. Après avoir gravi les soixante-trois marches, j'ai été soulagée de voir que la maison était toujours debout.

Les nuits sur l'île étaient brûlantes. Les couples marchaient main dans la main sous la lune brillante. Bien sûr, je savais que Leonard Cohen avait vécu à Hydra un certain temps quand il était jeune, et l'île était censée avoir une certaine aura parce qu'il avait dit au revoir à Marianne. En rentrant d'un dîner avec des amis à deux heures du matin, j'ai grimpé les soixante-trois marches en passant devant les chats qui dormaient sur les murs chauds. À croire que la roche avait autant de souffle, d'âme et de vie que les chats, pierres et pelages éclairés par les étoiles.

Soudain, je voulais réécouter cette chanson. J'avais dû me la passer mille fois dans ma vie, mais cette nuit-là, je l'ai redécouverte. Sans doute parce que je ne l'avais jamais entendue à soixante ans. J'avais d'abord entendu ce fameux au revoir quand j'avais treize ans, à l'époque où je portais du fard à paupières rouge nacré pour ressembler à Bowie dans sa phase Ziggy Stardust. À cet âge-là, l'idée n'était pas de dire au revoir à l'amour, mais bonjour. Dans ce long intervalle entre mes treize et soixante ans, mes lèvres ont laissé échapper quelques au revoir. Par où commencer ? Où finir ? J'en ai connu à toutes les étapes de la vie. Au revoir à mon mari après vingt-trois ans de vie commune. C'était affreux, inévitable, mais puisque nous partagions des enfants, ça ne pouvait être définitif. Nous étions d'accord pour faire partie de l'existence de nos enfants ensemble, mais séparément. Au revoir à ma mère. En fait, je n'ai pas prononcé le mot *au revoir*. Je ne voulais pas l'effrayer, alors j'ai pris son pied droit dans ma main et je l'ai serré. Au revoir au premier grand amour de ma vie à vingt-quatre ans. Mon premier amour véritable, peut-être. Ses yeux. Ses lèvres. Ses cuisses. Sa peau. Tout dépendait du degré de pression de ses lèvres sur les miennes. Cet au revoir a été une rupture. Une déchirure, un accroc, une blessure. La première âpre leçon : un amour même profond n'est pas forcément éternel. Tous les au revoir que j'ai lancés comme une bombe au visage de ceux qui étaient amoureux de moi. Boum ! Il y en a un que je regrette plus que tout. Au revoir n'était peut-être pas le bon mot et peut-être que j'aurais dû dire autre chose. Au revoir à mon père quand il a quitté l'Angleterre pour retourner vivre en Afrique du Sud après la libération de Nelson Mandela et l'organisation des premières élections démocratiques. D'une certaine manière, mon père m'a appris à faire en sorte qu'il ne me manque pas. Je ne sais pas comment ça marche, mais quand il a atteint l'âge vénérable de quatre-vingt-onze ans il s'est mis à me manquer tous les jours et je lui ai confié une unique mission : être immortel. Il a promis de faire de son mieux. J'ai remarqué qu'en vieillissant il était devenu plus sentimental et qu'il n'y avait pas un seul de ses messages WhatsApp qui ne soit signé avec des mots affectueux. Mon père a un don pour deviner la maturité d'un fruit, si bien que chaque fois que j'achète un melon ou une mangue je prends une photo chez le marchand à Londres, la lui envoie en Afrique et lui demande lequel je devrais choisir. Il étudie la photo sur-le-champ et, quinze secondes plus tard, il répond : “Le melon sur la gauche, deuxième rangée.”

Il ne se trompe jamais.

Je n'imagine même pas dire un au revoir définitif à mon père. Mon esprit se ferme dès que j'y pense, alors pour l'instant mieux vaut s'en tenir aux mangues et aux melons.

Et qu'en est-il des au revoir déchirants de l'amitié ? Ces amis bien vivants, mais avec qui le lien s'est rompu sans réparation possible. D'après mon expérience, ce genre de rupture est lié à notre incapacité à avancer l'un avec l'autre ou simplement à dépasser l'affection qui nous a unis à un moment donné.

Leonard et Marianne n'étaient plus de ce monde. Alors qu'elle était mourante et que Cohen était malade, ce dernier lui a adressé une lettre incroyable dans laquelle il disait qu'il ne tarderait sans doute pas à la rejoindre. Si elle tendait la main, a-t-il écrit, elle pourrait toucher la sienne, il lui souhaitait un bon voyage et l'aimait pour l'éternité. Arrivé à un âge très avancé, Cohen avait effectué le long voyage jusqu'à cette lettre. C'était peut-être la plus belle chose qu'il ait jamais écrite, comme s'il l'adressait à un passé mythique et intime. Le voyage jusqu'à cette lettre me semblait être le plus important à effectuer, quel que soit le moment de l'existence. Il n'avait pas fermé la porte qui ouvrait sur leur mort, l'avait laissée entrouverte, et ils la franchiraient, séparément, mais ensemble. Cette nuit-là, dans l'épaisse chaleur grecque, dévorée par les moustiques et les réminiscences, j'ai repensé à toutes ces portes que j'avais fermées dans ma vie et à ce qu'il aurait fallu faire pour les laisser entrouvertes.

> On dirait toute sa vie si l'on faisait le récit de toutes les portes qu'on a fermées, qu'on a ouvertes, de toutes les portes qu'on voudrait rouvrir.
>
> Gaston Bachelard,
> *La Poétique de l'espace*

Le lendemain, je me suis fait un café grec dans un *briki*, une petite casserole en cuivre à long manche, et j'ai descendu l'un des paniers accrochés au plafond de la cuisine. À l'intérieur se trouvait une tranche du fameux gâteau au miel d'oranger. Pas une fourmi en vue. Le râle des cigales était plus hystérique que jamais quand j'ai fait le tour du jardin. Le sol était sec et rocailleux, il m'était aussi peu familier que les plantes à moitié mortes et les insectes qui se jetaient sur elles. Je me sentais comme une étrangère dans ce jardin. Je venais d'un écosystème totalement différent.

Au bout d'un moment, j'ai fermé la maison et j'ai descendu les soixante-trois marches pour aider une amie à trier les photos de son père acteur qui venait de décéder. Il avait passé les dernières années de sa vie sur l'île avec sa seconde épouse. Mon amie et moi avons cueilli du raisin sur les vignes à l'arrière de la maison. Dans le jardin, neuf figues de barbarie avaient été mises à tremper dans un seau. Ces fruits aussi appartenaient à une écologie à l'opposé des roses grimpantes et des jonquilles de printemps que cet homme avait connues en Angleterre avec la mère de mon amie, sa première femme. Je savais qu'il avait eu la tête remplie de Shakespeare, et pourtant, ses dernières promenades sur terre avaient eu lieu au milieu des chèvres et des mules qui broutaient sur les collines sèches et dorées au-dessus de la mer.

> Vais-je te comparer à un jour d'été ?
> Mais tu as plus de charme et plus de douceur,
> Car d'âpres vents malmènent le tendre mai

Les bourgeons du tendre mai avaient été remplacés par d'autres, prêts à être secoués par d'âpres vents.

Mon amie était contente de découvrir une photo de son père en 1954, habillé en marin, faisant partie d'un trio dansant et chantant sur une scène en Angleterre. Comme je l'ai dit à Nadia quand elle m'a appelée plus tard : "Qui ne voudrait pas d'un père danseur et chanteur habillé en marin ?" Nadia était dévastée que son mari ait une aventure avec Helena. Apparemment, elle-même n'avait eu une liaison que pour jeter une pierre à la tête de son mari.

"Écoute, Nadia, ne dis pas au revoir à moins d'y croire sincèrement", et puis j'ai expliqué que j'avais un rendez-vous important et qu'il fallait que je file.

Le rendez-vous en question était avec une productrice grecque dans une taverne de Vlychos, à vingt minutes de marche par le sentier côtier de Kamini, où je vivais. Nous étions assises à une table dans la vague de chaleur étouffante et elle a commandé une bouteille d'ouzo ainsi qu'un seau de glace. Cela ressemblait davantage à ce que j'avais imaginé pour une réunion avec des producteurs de cinéma. Elle aimait même mes chaussures. Quelques années avant de devenir le genre de personnage qui porte des chaussures de caractère à Paris, j'avais acheté une paire de chaussures faites main en toile et cuir marron que j'avais vues en soldes dans la vitrine d'un cordonnier de l'Est londonien. *Il me les fallait à tout prix.* Quand je suis entrée dans la boutique pour me renseigner, les chaussures étaient exactement à ma taille et le prix était passé de trois cents à trente-huit livres. Le cordonnier a soufflé sur la boîte pour la dépoussiérer, puis a brossé les chaussures avec une petite brosse métallique. Le cuir et la toile, l'atmosphère que dégageait leur fabrication sur mesure dialoguaient avec tout ce que j'admirais. Ces chaussures parlaient de flânerie, de liberté et de nonchalance élégante, elles n'étaient ni masculines ni féminines, et pouvaient être portées tout le temps, mais surtout à une réunion avec une grande productrice parce qu'elles donnaient du courage. Un paquet de cigarettes est arrivé à notre table. Un autre seau de glace – tout avait fondu dans le précédent. Nous n'avons pas parlé des personnages principaux et secondaires, nous ne nous sommes pas demandé s'ils étaient sympathiques. Nous avons parlé de notre vie, de nos problèmes, du climat politique de nos pays respectifs. Une salade est apparue sur la table. Une moussaka. Un bol de purée de fèves. Mais la productrice était impressionnante, avec ses longs cheveux qui lui tombaient jusqu'à la taille. J'ai écouté pendant qu'elle me racontait une anecdote qui l'intéressait sur la situation actuelle. Cela m'intéressait aussi. Elle concernait une femme de droite alcoolique, droguée, et qui adorait les orgies. La productrice voulait se pencher sur les raisons qui avaient amené cette femme à sombrer dans le fascisme. Elle a suggéré qu'on lui donne une fille adolescente en désaccord avec ses idées politiques. J'ai bien aimé la façon dont elle a dit "on". Les nouveaux glaçons ont eu aussi fondu. Quand le taxi maritime est venu la chercher pour la conduire au ferry qui la ramènerait à Athènes et qui s'appelait le *Chat-Volant*, je souffrais d'une légère insolation.

Mon second rendez-vous était avec la mer. J'ai plongé depuis un rocher dans le grand baume bleu de la mer Égée et je n'ai vu aucune raison d'en sortir, aucune raison de lui dire au revoir ou adieu. Je voulais nager à jamais dans son étreinte pendant que le soleil tapait sur mes épaules. Quand j'ai finalement accepté de me séparer d'elle un moment, je me suis rendu compte que je ne pouvais pas marcher pieds nus sur les rochers et sortir de l'eau. Les picots hérissés des oursins étaient partout. Ça me fascine toujours quand je pense que les étoiles de mer sont leurs cousines. J'ai apostrophé un jeune Allemand assis sur un rocher plus haut et lui ai demandé s'il pouvait m'envoyer ses sandales en plastique. Il voyait bien le problème et s'est exécuté avec grâce. Je les ai enfilées en faisant du surplace et, cette fois, j'ai réussi à négocier les oursins piquants. La terre ferme enfin regagnée, j'ai enfilé ma robe, lacé mes chaussures de marche, ai commencé à gravir les roches glissantes, mais suis aussitôt tombée sur le coude droit. Les semelles de ces chaussures étaient en cuir et le rocher mouillé.

Plus tard, quand j'ai examiné avec mélancolie les bleus qui apparaissaient sur mon coude et mon épaule, je me suis demandé quoi faire de ces blessures. Elles avaient besoin d'être soignées, mais je n'avais pas l'habitude de nécessiter des soins et je n'avais pas envie d'y penser. J'ai erré en ville à la recherche d'une pharmacie et quand j'en ai trouvé une dans une rue derrière le port, je suis entrée (avec mes grosses chaussures) et j'ai acheté une huile étrange infusée d'arnica. Elle dégageait une odeur aigre et naturelle. J'ai passé une partie de la journée à appliquer cette huile sur mon coude, à chercher des sandales en plastique pour éviter les oursins et une autre paire plus adaptée aux nombreux escaliers d'Hydra. Elles n'étaient pas aussi bien que mes chaussures de marche, mais je n'avais pas compris que mes chaussures de flânerie étaient faites pour la ville et n'avaient pas des semelles adaptées à une île grecque.

À un artiste qui peignait son portrait, James Joyce avait un jour lâché sèchement : "Oubliez l'âme, mais ne ratez pas la cravate."

Côté cravate, j'avais tout bon. Il ne fallait pas que je me rate sur les semelles.

Il me faut davantage penser au soin. Prendre davantage soin de moi après des décennies où je me suis occupée des autres. J'ai trouvé ça dur, je l'avoue. Qu'est-ce que je trouvais dur ? Prendre soin de moi. J'avais quelques plans mal définis pour mon avenir, mais peut-être devais-je les revoir. Quand je serais vraiment vieille, je passerais mes journées à comater au soleil avec une assiette de feta et de melon. J'écrirais des scénarios de film, lirais et nagerais. Et les bleus sur mon coude ? Pour l'instant, je m'étais débrouillée pour vivre une vie intellectuelle et une vie physique active. Mes journées étaient remplies de gens et de solitude. Impossible d'écrire sans solitude, mais je voyais bien qu'il fallait que je m'organise. Mon seul projet était la villa avec son grenadier, ses mimosas, sa cheminée en forme d'œuf d'autruche, la rivière et la barque appelée *Sister Rosetta*. Je n'avais pas de plan B alors que dans la vie il faut toujours un plan B. J'ai pris un café au port en tenant la tasse de la main gauche parce que mon coude droit me faisait mal jusque dans la main, elle aussi amochée.

Un homme brossait la queue de sa mule blanche, sa selle décorée de perles et de rubans. Les jours de canicule, des parasols étaient installés pour offrir un peu d'ombre aux ânes qui attendaient de transporter les bagages des touristes jusqu'au sommet de la colline. Deux des mules lapaient de l'eau dans un abreuvoir. À tout prendre, je préférais transporter mon propre fardeau sur mes vélos électriques. Ils n'avaient pas d'yeux.

Mon meilleur ami est arrivé sur l'île.

"Écoute, je ne veux rien savoir sur Helena et toi", ai-je dit.

Nous partagions une assiette de poulpe grillé. Le goût était intéressant, mais je ne trouvais plus ça convenable de manger la créature la plus intelligente du monde. Mon meilleur ami avait un tentacule qui lui sortait de la bouche. Le poulpe était bien plus intelligent que lui.

"On s'amuse, Helena et moi, c'est tout. Des fois, c'est bien de s'amuser. Tu devrais essayer."

Il m'a raconté un rêve qu'il avait fait récemment. J'étais plus préoccupée par la douleur dans mon épaule. Un chat a grimpé à côté de moi et a posé les deux pattes sur ma cuisse gauche. Il avait les yeux fermés, mais je savais qu'il sentait l'odeur du poulpe et attendait le bon moment pour se jeter dessus.

"De tous les gens que je connais, j'ai cru que tu serais la seule à t'intéresser à mon rêve, a-t-il maugréé. Depuis que tu as fait cette chute, tu es devenue méchante et bougonne."

Je pensais à la scène d'ouverture du scénario pour la productrice grecque. Son titre provisoire, "Une femme, son amant, son mari et sa mère", me tracassait. J'étais sur le point de demander à mon meilleur ami de me parler de sa mère quand je me suis souvenue que je l'avais connue. Après tout, lui et moi nous fréquentions depuis que nous avions quatorze ans. Quand nous étions jeunes, sa mère avait les cheveux courts et blonds, on aurait dit une fée à la coupe garçonne. C'était une orpheline, plus puérile que les amis adolescents de son fils, et elle portait une ceinture très cool en cuir verni bleu autour de sa taille minuscule. Comment était-il possible que la nouvelle petite amie de mon meilleur ami se soit transformée en la mère de ce dernier ? Le serveur a apporté des bols de yaourt avec une sorte de confiture à la carotte qui dégageait une odeur de géranium. Typiquement le genre de chose que je pourrais ajouter au menu du café Girls & Women. Mon meilleur ami me racontait toujours son rêve. J'étais beaucoup plus intéressée par la gémellité entre la mère et la maîtresse, mais je lui ai parlé du poème de Robert Desnos que j'étais en train de lire. Lequel s'intitulait justement "J'ai tant rêvé de toi".

J'ai tant rêvé de toi que tu perds ta réalité.

On pouvait dire la même chose de mes rêves immobiliers. La maison de mes rêves n'était pas ancrée dans la réalité. Vu qu'elle n'existait pas vraiment, c'était peut-être une bonne chose. Pour être franche, ça ne me paraissait pas si bien. Pourtant, depuis que ce sable s'était écoulé du mur de ma maison de location, j'avais l'impression que mes rêves immobiliers se transformaient lentement mais sûrement en un tas de sable. Ça m'était douloureux d'abandonner ma vieille demeure majestueuse avec son grenadier dans le jardin, mais j'étais prête à envisager que peut-être, comme ma maison de location, je ne m'effondrerais pas. Une mouche s'est posée sur la confiture à la carotte. Elle s'est figée, hébétée. Ivre et anesthésiée par un poison délicieux lui-même grisant et doux, elle semblait être paralysée par le sucre.

Peut-être que mes rêves d'immobilier étaient le sucre et que j'étais la mouche ?

"Je t'ai perdue, a dit mon meilleur ami. Tu dérives vers la mer." En fait, je revenais à la terre ferme. Le trou dans le mur était un portail qui ne s'ouvrait pas sur un autre monde mais sur celui-ci, où je ne cessais de courir après une maison comme s'il s'agissait d'un amant fuyant.

Mon téléphone a sonné à la réception de quelques messages. Je les ai lus. Mes filles confirmaient leur heure d'arrivée le lendemain. La productrice grecque voulait organiser un autre rendez-vous, cette fois à Athènes. Apparemment, une fenêtre de mon appartement dans l'immeuble qui tombait en ruine sur la colline s'était ouverte violemment et la vitre était fêlée.

Un petit bateau est entré dans le port de Kamini. Le capitaine en est descendu et a tendu un sac en plastique à un jeune garçon. Il était rempli de vivaneaux. Le vent se lèverait bientôt. Le vent étésien, aussi appelé *meltem*, arrivait. Il me faudrait fermer toutes les fenêtres de la maison de location.

“Je vais te dire quelque chose qui va te faire réfléchir.” Mon meilleur ami a pris ma main contusionnée et l'a serrée avec affection. J'ai crié. Il a continué quand même. “Helena et moi savons comment passer une journée ensemble. Je ne suis pas sûr que tu saches passer une journée avec quelqu'un. Tu sais, baguenauder. Tu en es tout bonnement incapable.”

Le chat avait terminé le poulpe, le yaourt et la confiture à la carotte. Nadia a ressurgi dans la conversation. J'ai remarqué qu'il parlait d'elle au passé.

“Nadia était d'une beauté mortelle, mais totalement inaccessible. C'est ce que je trouvais attirant, mais quand je suis venu te voir à Paris je n'ai plus trouvé ça attirant.

— Donc tu as couché avec Helena.

— Ah ça y est, tu m'écoutes. Ce que Nadia m'a fait comprendre, c'est que je n'étais pas le genre d'homme digne d'elle. Elle ne m'a jamais respecté. Alors c'est un sacré soulagement d'être avec Helena. À ses yeux, je corresponds exactement au genre d'homme qu'il lui faut et pourquoi est-ce que ça ne me rendrait pas heureux ?"

Je comprenais ce qu'il voulait dire. Il pouvait passer d'une femme à l'autre comme il passait son pantalon chaque matin. J'ai suggéré que si son troisième mariage échouait, ce serait peut-être une bonne idée de rester seul un petit moment.

Il a eu l'air horrifié. Pourquoi ferait-il une chose pareille ? C'était inutile. Et puisqu'on en parlait, pourquoi je n'arrêterais pas, moi, d'être seule un petit moment ? Cela me ferait du bien, paraît-il. Là aussi, je comprenais ce qu'il voulait dire. "Au fait, a-t-il ajouté, prenons le petit déjeuner demain matin." Je ne voyais pas du tout pourquoi il parlait de petit déjeuner alors qu'on dînait. J'avais l'impression qu'il ne voulait pas être seul ne serait-ce qu'une heure.

Je repensais aux mots d'Helena à Paris.

Toute la nuit il m'a parlé de Nadia. Crois-moi, Nadia pleuvait sur nous dans la chambre.

Nadia pleuvait sur lui à présent, ici, en Grèce, elle l'essorait avec son amour tout en confrontation sous le soleil brûlant et cela m'a rappelé les trajets à vélo sous la pluie londonienne devant la statue de Peter Pan dans les jardins de Kensington. Il pleuvait sur le petit Peter qui ne pouvait pas grandir et porter le fardeau des responsabilités de l'âge adulte. Le socle de la statue était entouré de toutes petites souris, d'écureuils et de fées en bronze. Peter soufflait dans une trompette ou une flûte, enfermé à jamais dans l'enfance. D'un coup, je me suis souvenue que mon meilleur ami et moi avions le même âge. Nadia, qui avait douze ans de moins que lui, avait refusé de le décharger de ses responsabilités d'adulte. Elle était attirée par l'homme adulte dans le petit garçon et voulait qu'il rejoigne le monde, pas invincible mais néanmoins capable, un homme qui pouvait aimer une femme sans qu'elle soit une éternelle jeune fille. Mais la mère de mon meilleur ami avait été une éternelle jeune fille. Il n'arrivait pas à briser le cycle. Helena avait vingt-cinq ans de moins que lui. Ça l'amusait de s'envoler avec ce drôle de vieux bonhomme puéril pendant un temps, sans casque ni parachute. Elle l'aimait comme il était, mais lui ne s'aimait pas comme il était.

Le chat s'avançait vers lui.

“Bon et tu n'oublies pas pour le petit déjeuner demain matin”, a-t-il répété. Il s'est mis d'accord avec lui-même pour qu'on se retrouve à six heures du matin. Oui, il volerait jusqu'à l'épicerie locale acheter du pain et des œufs. Il a vraiment employé le verbe *voler*. Donc non seulement il se transformait soudain en lève-tôt, mais aussi en vole-tôt.

Le lendemain, vers cinq heures et demie, j'ai décidé d'aller faire trempette avant notre petit déjeuner. J'ai marché jusqu'à mon rocher préféré et j'ai plongé. C'était un plongeon bizarre à cause de mon épaule blessée. La mer Égée est la mer des dieux. C'est de l'ambroisie. Du nectar. Chaude mais pas trop. Amicale et luxuriante, comme d'être portée par un corps qui n'est ni trop collant ni trop détaché. Elle lave la douleur de mes espoirs déçus en matière d'amour éternel, me relie à ma mère qui m'a appris à nager, calme ma peur de l'avenir, amortit les turbulences provoquées par mon mariage brisé, m'aide à réfléchir tout en me vidant l'esprit, me rapproche à la fois de la vie et de la mort. Je ne sais pas pourquoi, mais c'est comme ça.

La trempette s'est prolongée sur près d'un kilomètre et demi le long des petites criques caillouteuses. Je me suis allongée sur un rocher pour reprendre mon souffle, les yeux tournés vers les oliviers, puis vers le ciel et les collines, où les mules et les ânes broutaient l'herbe dorée qui poussait autour des pierres blanchies par le soleil. Une volée de tout petits oiseaux s'est projetée d'un nid invisible vers un autre, juste au-dessus des figuiers qui surplombaient le sentier côtier. Ces oiseaux changeaient-ils de maison ou rendaient-ils simplement visite à des amis ?

Mes cheveux séchaient au soleil du petit matin, mes pieds étaient très bronzés, ma peau lisse, mon corps rassasié par la mer, le sel et le soleil. Je me suis aperçue que je ne passerais pas la journée avec mon ami. Peut-être qu'il avait raison et que je ne savais pas comment passer mes journées avec d'autres. J'ai cherché mon téléphone. L'écran affichait six messages et il était huit heures et demie. Mes filles en avaient envoyé deux. Les quatre autres venaient de mon meilleur ami, qui avait pris l'un des premiers bateaux pour l'île de Poros, où il allait retrouver Helena. C'est pour ça qu'il voulait prendre le petit déjeuner à six heures.

J'ai ri un bon moment sur mon rocher. Peut-être avait-il glissé une flûte dans sa poche et que des petits animaux de Poros se réuniraient à ses pieds quand il débarquerait, sa troisième alliance miroitant au soleil tandis qu'il saluerait sa jeune maîtresse.

> Il faut beaucoup aimer les hommes. Beaucoup, beaucoup. Beaucoup les aimer pour les aimer. Sans cela, ce n'est pas possible, on ne peut pas les supporter.
>
> Marguerite Duras,
> *La Vie matérielle* (1987)

J'aimais beaucoup mon meilleur ami, point barre.

Je suis allée au port et j'ai pris un petit déjeuner avec les grandes barges industrielles rouillées qui apportaient les marchandises aux îles : machines à laver, pastèques, sacs de farine, bouteilles d'eau. Le serveur avait un tatouage près de l'oreille. Il m'a dit qu'il s'agissait du nom de sa petite amie, *Peitho*. J'ai acheté douze oranges à l'épicerie et je suis rentrée chez moi. De retour à la maison qui ressemblait à la maison fantôme dont j'avais rêvé toute ma vie, j'ai arrosé les vignes négligées et le chèvrefeuille en sursis tandis que les cigales criaient leur désir inassouvi depuis le vieux pin majestueux. J'ai balayé la terrasse, je l'ai arrosée elle aussi et, pendant que j'y étais, j'en ai profité pour me doucher avec l'eau douce du puits.

Cette propriété ne m'appartenait pas, mais j'avais l'impression de me l'être appropriée.

J'ai écrit tous les jours dans le grand grenier avec ses poutres en bois et j'ai fini par accepter que ma relation au langage soit tumultueuse parce que j'en étais amoureuse. Je me suis demandé de quel genre d'amour il s'agissait. Le langage est un chantier de construction. C'est un lieu d'édifications et de rénovations perpétuelles. Il peut s'écrouler et être bâti de nouveau.

La cohabitation avec ma maison de location me rendait heureuse. Pendant que j'arrosais la table et le banc en pierre de la terrasse, j'ai été triste, très triste que la maison soit au-dessus de mes moyens. C'était un coup terrible, une humiliation, comme si, d'une certaine façon, je n'avais pas réussi à ce que le récit tourne à mon avantage pour qu'il se termine par la réalisation d'un vieux rêve. Il me fallait accepter mon impuissance à infléchir une histoire en ma faveur. Je n'aurais pas besoin d'appeler un électricien pour réparer les ventilateurs du plafond ni un plâtrier pour boucher le trou dans le mur. Le faire serait revenu à me réparer, moi.

Néanmoins, ma rencontre avec cette maison de location était une tentation, une provocation ; elle me faisait me sentir plus vivante. Si je désirais ardemment son atmosphère et sa grâce, ne pas avoir de quoi l'acheter ne faisait qu'accentuer mon désir. Ce n'était peut-être pas la maison mais le désir qui me faisait me sentir plus vivante.

> Peut-être est-il bon que nous gardions quelques songes vers une maison que nous habiterons plus tard, toujours plus tard, si tard que nous n'aurons pas le temps de la réaliser.
>
> Gaston Bachelard,
> *La Poétique de l'espace*

J'ai entendu le son métallique d'une cloche au loin. Une mule gravissait la colline. Elle portait un frigo dans la chaleur de fin d'après-midi. Cela m'a rappelé les chevaux de bois sur mon rebord de fenêtre dans l'immeuble qui tombait en ruine sur la colline dans le nord de Londres. Ils ressemblaient aux chevaux autrefois peints sur les parois de grottes. Mes tristes couloirs me paraissaient loin. Je n'étais pas sûre de vouloir les retrouver. Non pas que je veuille me créer une vie fantasmée sur cette île non plus, pas du tout, mais, pour la première fois depuis que j'avais démantelé la maison familiale, je me suis dit que je n'étais pas obligée de me punir en empruntant ces couloirs tous les jours.

Je suis entrée dans la cuisine et j'ai trouvé les oranges que j'avais achetées au port. Y avait-il un ustensile dans un des placards pour les presser ? J'ai fouillé et l'ai trouvé caché sous une passoire. C'était du travail de presser douze oranges sur cet engin en plastique primitif. J'ai versé le jus dans un pichet, y ai ajouté une poignée de glaçons, et j'ai mis le tout au frigo. J'étais tout excitée en retournant au port pour attendre le bateau, le *Chat-Volant* par lequel arriveraient mes filles. Elles devraient grimper soixante-trois marches pour rejoindre cette maison aimante et temporaire.

C'était une soirée douce de début d'automne. Les cloches de l'église sonnaient. En ville, la grande nouvelle était que la boulangerie allait ajouter un gâteau au fromage à sa sélection de pâtisseries. Les ânes et les mules étaient attachés les uns aux autres près des bateaux, dans l'attente de leur charge. Alors que je me mêlais à la foule, je me suis demandé si je me voyais comme un personnage féminin de soixante ans encore inédit qui attendait que ses filles arrivent sur le *Chat-Volant*.

Ou si je me voyais comme un personnage féminin de soixante-ans qui passait son temps à réécrire le scénario de A à Z.

J'étais ces deux femmes.

Donc maintenant que j'étais un personnage féminin de soixante ans inédit qui ne cessait de réécrire le scénario, qu'est-ce que je valorisais le plus, qu'est-ce que je possédais, jetais et transmettais ?

Lâche-moi un peu, tu veux, me suis-je dit au port. Je travaille comme une brute pour payer les factures, louer une maison au soleil, et je m'arrange pour ne pas précipiter mon grand cheval du haut d'une falaise dès le mardi.

C'est déjà pas mal.

Le bateau s'est abrité au port. Deux hommes ont accouru pour attraper les cordages qui le retiendraient à l'île. Le *Chat-Volant* a ouvert ses portes et une bouffée d'essence a embaumé l'air chaud de la nuit. J'ai fait signe à mes filles (pas d'alliance à mon doigt), nous trois, sourire aux lèvres, nous lançant des "Salut !" pendant qu'elles s'escrimaient à descendre leurs bagages sur la rampe. Quand je les ai invitées à siroter un jus d'orange frais dans le jardin de notre maison de location, elles m'ont dit qu'elles préféreraient une bière fraîche. Mais, et les douze oranges que j'avais passé une heure à presser sur cet engin en plastique et dont j'avais retiré les peaux et les pépins ? Elles ne voulaient pas qu'on leur dise de quoi elles avaient envie, point barre.

Nous avons trouvé un bar à un angle du port et nous sommes installées à côté d'hommes à barbe blanche qui jouaient au backgammon et faisaient rouler les dés tout en faisant tournoyer leur komboloï. Un groupe d'adolescentes étaient assises à une table non loin et s'amusaient à se faire des tresses. Le garçon qui avait récupéré la livraison de vivaneaux mangeait un sandwich grec avec son père. Alors que mes filles sirotaient leur bière appelée Mythos et me donnaient des nouvelles du bananier acheté à Shoreditch High Street, je me suis retrouvée une fois de plus à chercher des réponses à mes questions.

Je crois que ce que je valorise le plus sont les vraies relations humaines et l'imagination. Peut-être qu'il est impossible d'obtenir les premières sans la seconde. J'ai mis du temps à me débarrasser de l'envie de plaire à ceux qui n'agissent pas dans mon intérêt et sont incapables de m'entourer de leur affection. Je possède les livres que j'ai écrits et transmets mes droits d'auteur à mes filles. En ce sens, mes livres sont ma propriété. Une propriété qui n'est pas privée. Il n'y a ni chien méchant ni vigile à l'entrée ni panneau qui interdit aux gens, quels qu'ils soient, de plonger, d'éclabousser, de s'embrasser, d'échouer, d'être furieux ou effrayés, d'être tendres ou tristes, de tomber amoureux de la mauvaise personne, de sombrer dans la folie, de devenir célèbres ou de jouer dans l'herbe.

SOURCES

Certaines citations traduites sont extraites des ouvrages suivants :

Walter Benjamin, *La Tâche du traducteur*, traduit de l'allemand par Martine Broda, in *Po&sie*, n° 55, 1991.

Leonora Carrington, *Le Cornet acoustique*, traduit de l'anglais par Henri Parisot, Paris, Flammarion, 1974.

W. E. B. Du Bois, *Les Âmes du peuple noir*, traduit de l'anglais (États-Unis) par Magali Bessone, Paris, La Découverte, 2007.

Elena Ferrante, *L'Enfant perdue*, traduit de l'italien par Elsa Damien, Paris, Gallimard, 2018.

Gabriel García Márquez, *Cent Ans de solitude*, traduit de l'espagnol par Claude et Carmen Durand, Paris, Seuil, 1968.

Goethe, *Maximes et Réflexions*, traduit de l'allemand par Sigismond Sklower, Brockhaus et Avenarius, libraires-éditeurs, 1842.

État des lieux

Elizabeth Hardwick, *Nuits sans sommeil*, traduit de l'anglais (États-Unis) par Nicole Tisserand, Paris, Buchet-Chastel, 2014.

Audre Lorde, *Sister Outsider*, traduit de l'anglais (États-Unis) par Magali C. Calise, Grazia Gonik, Marième Hélie-Lucas et Hélène Pour, Mamamélis, 2003.

William Shakespeare, *Sonnets*, traduit de l'anglais par Yves Bonnefoy, Paris, Gallimard, 2007.

Gertrude Stein, *Paris France*, traduit de l'anglais (États-Unis) par Madame d'Aiguy, Paris, Rivages, 2018.

George Steiner, *Errata : récits d'une pensée*, traduit de l'anglais par Pierre-Emmanuel Dauzat, Paris, Gallimard, 1998.

Rebecca West, *Agneau noir, Faucon gris*, traduit de l'anglais par Gérard Joulié, Lausanne, L'Âge d'homme, 2000.

La traductrice tient à remercier Céline Curiol, reine des titres.

RÉALISATION : NORD COMPO À VILLENEUVE-D'ASCQ
NORMANDIE ROTO IMPRESSION S.A.S. À LONRAI
DÉPÔT LÉGAL : OCTOBRE 2021. N° 148105 (2103379)
IMPRIMÉ EN FRANCE